Veronica

HIVER INDIEN

Catalogage avant publication de Bibliothèque et Archives Canada

Noël, Michel, 1944-

Hiver indien

(Collection Atout; 55. Récit)
Éd. originale: 2001.
Suite de: Journal d'un bon à rien et Le cœur sur la braise.
Pour les jeunes de 12 ans et plus.

ISBN-13: 978-2-89428-961-7
ISBN-10: 2-89428-961-8

I. Titre. II. Collection: Atout; 55. III. Collection: Atout. Récit.

PS8577.O356H58 2006   jC843'.54   C2006-942056-4
PS9577.O356H58 2006

Les Éditions Hurtubise HMH bénéficient du soutien financier
des institutions suivantes pour leurs activités d'édition:

– Conseil des Arts du Canada;
– Gouvernement du Canada par l'entremise du Programme d'aide
  au développement de l'industrie de l'édition (PADIÉ);
– Société de développement des entreprises culturelles du Québec
  (SODEC);
– Gouvernement du Québec par l'entremise du programme de
  crédit d'impôt pour l'édition de livres.

Conception graphique: fig. communication graphique
Illustration de la couverture: Luc Melanson
Mise en page: Martel en-tête

© Copyright 2001
Éditions Hurtubise HMH ltée
Téléphone: (514) 523-1523 • Télécopieur: (514) 523-9969
www.hurtubisehmh.com

ISBN-13: 978-2-89428-961-7
ISBN-10: 2-89428-961-8

Distribution en France
Librairie du Québec/D.N.M.
www.librairieduquebec.fr

Dépôt légal/4e trimestre 2006
Bibliothèque et Archives nationales du Québec
Bibliothèque et Archives du Canada

Imprimé au Canada

MICHEL NOËL

HIVER INDIEN

MICHEL NOËL

Michel Noël est un nomade de cœur. Tout jeune déjà, il suit sa famille d'un camp forestier à l'autre. Son père travaille pour la Compagnie internationale de papier (CIP) et la forêt est son terrain de jeux. «Nous habitions le même territoire que les Amérindiens et ma famille partageait avec eux de nombreuses activités sociales, religieuses et culturelles. Nos voisins étaient des Algonquins du lac Rapide, du lac Victoria, de La Barrière et de Maniwaki, et nous avions des ancêtres communs.»

Son intérêt pour la culture et l'expression artistique des peuples autochtones s'est développé dans son travail, mais aussi dans sa propre création: il est l'auteur de nombreux ouvrages (contes, livres d'art, théâtre, romans, livres de référence) sur ce sujet. En 1997, Michel Noël a été lauréat du prix du Gouverneur général du Canada, en littérature pour la jeunesse. En 1999, son roman *La Ligne de trappe* (Hurtubise HMH) a reçu le prix Alvine-Bélisle pour le meilleur livre de littérature pour la jeunesse au Québec.

Hiver indien poursuit l'histoire de *Nipishish*, à la suite des romans *Journal d'un bon à rien* et *Le Cœur sur la braise*.

À tous nos enfants,
qui ont tant besoin d'espoir,
et particulièrement aux enfants du
Labrador.

Je remercie Catherine Germain
et Sylvie Blanchet pour
leur précieuse collaboration.

1

WILLIAM

— Nipishish! Hé, Nipishish!

Je reconnais la voix rauque de William. Il est sur le perron du bureau du Conseil de bande et me fait de grands signes. Il veut me voir. Je m'arrête. Tourné vers lui, les deux mains dans les poches, je ne bouge pas. Il comprend que je l'attends. Il hésite, puis vient vers moi en trottinant. Son gros ventre déborde de sa ceinture.

— Nipishish… Nipishish… Attends-moi. J'ai à te parler sérieusement.

William est en sueur, la figure rouge. Nous marchons lentement côte à côte.

— Tu sais, on m'a promu gérant du Conseil de bande. Je suis le premier Indien à être nommé à ce poste.

— Oui. Je suis au courant. Je te félicite.

Nous cheminons en silence. William reprend son souffle.

— J'ai entendu dire que le vieux Tom est gravement malade.

— Oui. Il est mourant. Justement, je m'en vais auprès de lui, dans la pinède. Accompagne-moi, ça lui fera plaisir de te voir même si ce n'est qu'un instant...

— Non! Non! Je n'ai pas le temps. J'irai plus tard. Depuis le cambriolage du bureau, il y a un monde fou qui me tourne autour: les agents du ministère d'un côté, la Police montée de l'autre. Je ne sais plus où donner de la tête. Mon bureau bourdonne comme un nid de guêpes.

William se prend la tête à deux mains, la secoue, ses yeux ronds au ciel. Puis il pose sa main sur mon bras. Nous nous immobilisons, face à face. Il prend un air grave, regarde furtivement autour, baisse la voix comme pour me confier un secret.

— Nipishish, écoute-moi bien. Tu as vu les policiers et les agents. Ils ne sont pas ici pour s'amuser. Ils sont en train de faire un inventaire complet de tous les dossiers de la réserve. Ce sont des goélands. Ils ne laissent rien au hasard. Quand ils auront terminé leur travail, ils vont transférer les dossiers à Ottawa, au bureau central, pour plus de sécurité. Ce vol les a pris par surprise.

Il se tait, me regarde.

— Et alors?

— Dès le départ, j'ai eu des doutes. J'ai vérifié les dossiers, ceux qui te concernent, ton dossier au nom de Pierre Larivière, celui de ton père, Shipu… Nipishish, tôt ou tard ils se rendront compte que les chemises sont vides. Ils vont t'interroger. Déjà que le sergent MacDonald a une dent contre toi…

Je ne dis rien. Je ne laisse paraître aucune émotion. Je reste muet comme un rocher, mais mon sang se précipite dans mes veines, mon cœur bat à grands coups. Nous reprenons notre marche. Nous nous immobilisons à l'orée de la pinède, près du cimetière accroché à la chapelle. William se fait insistant. Il sait fort bien qu'il a fait mouche.

— Tu ferais mieux de déguerpir d'ici, et vite, d'autant plus que tu n'as pas le statut d'Indien. Tu es un métis, Nipishish, n'oublie pas ça dans tes prières. Personne ne lèvera le petit doigt pour prendre ta défense. Personne! Tu es seul, Nipishish. À ta place, je retournerais vivre en ville.

Je suis piqué au vif!

— Non!

Mon non claque au vent, retentit dans les pins.

— Non! En ville, je serais malheureux comme une pierre. Ma place est ici et tu le sais. Je ne veux pas me séparer de Pinamen. Nous sommes amoureux. Je n'irai pas en ville vivre dans la misère, caché comme un «siffleux[1]» au fond de son trou.

Je sens une colère frémissante surgir de la terre, grimper dans les muscles de mes jambes et de mes cuisses, m'envahir tout entier.

Je lui parle les yeux dans les yeux:

— Je vais te confier une chose, monsieur le gérant de bande, ils ne se débarrasseront pas de moi aussi facilement que ça. Je suis plus coriace qu'une corneille.

— Penses-y deux fois…

— Je te jure, William, sur la tête de mon père. Tu m'entends? Sur la tête de mon père, ils ne m'auront pas. Je suis prêt à tout pour ne pas être emprisonné. Une fois m'a suffi!

— Bon! Bon! Ne te fâche pas.

William s'énerve. Il a chaud. Sa figure est trempée, ses cheveux raides lui collent au front. Il s'éponge avec son vieux mouchoir à carreaux qu'il tire de sa poche arrière. Il me pousse son haleine dans le nez.

— Je te propose un bon *deal*[2] entre amis: tu me donnes les dossiers en dessous de la table. Je les rapporte au Conseil de bande. Je leur dis que je les ai trouvés dans la poubelle… et je leur demande de tout oublier.

1. Marmotte.
2. Marché.

J'ai le sang qui bout dans mes veines. Je ne sais jamais quel jeu joue ce sacré William. Il est glissant comme un brochet.

— Veux-tu me dire, William, pourquoi tous ces gens venus expressément d'Ottawa s'intéressent autant à ces dossiers? Des dossiers qui me concernent, moi et ma famille? Veux-tu me le dire?

— Heu!... Je ne sais pas... ce sont des dossiers officiels, Nipishish, des papiers du gouvernement, de la Police montée... Ils y tiennent... C'est sérieux.

— Je commence à penser que ces dossiers sont encore plus importants pour eux que pour moi. Sinon, ils ne t'enverraient pas «bargainer[1]» comme ça avec moi. Dis au sergent MacDonald que je lui ferai signe quand je serai prêt!

J'en ai assez de notre conversation. Je tourne le dos à William et je m'engage dans le sentier de la pinède. J'ai besoin de réfléchir et j'ai hâte de retrouver Tom. J'entends William crier dans mon dos:

— OK! OK! C'est toi le *boss*[2]. Moi, tout ce que je veux, c'est la paix! Je t'aurai averti!

1. Négocier.
2. Patron.

2

TOM

Tom est couché sur un épais matelas de rameaux de sapin frais. Manie, Charlotte, Sam, Pinamen et moi, ses derniers compagnons de vie, sommes à son chevet. Il a revêtu son plus beau pantalon d'étoffe, sa chemise de flanelle à carreaux et ses mocassins en peau d'orignal brodés de fleurs. Il porte au cou son collier orné de dents d'ours.

La forêt est silencieuse, immobile, comme en attente d'un grand événement. Tom veut mourir comme mouraient nos ancêtres. Il voit venir la mort, lui parle, l'accepte. Elle est son amie.

Il semble nous quitter déjà pour de longs moments, plongé au fond de son être. Il rêve à sa longue vie de chasseur, de trappeur, à tous ces voyages qu'il a faits dans le passé, en canot d'écorce, en raquettes à neige, à pied dans les sentiers, lourdement chargé.

Puis l'air siffle dans sa gorge comme le vent violent qui se cogne aux arêtes rocheuses de la montagne. De lourdes sueurs opaques perlent sur son front, mouillent ses tempes grises. Manie s'empresse de les éponger avec une serviette d'eau fraîche. Elle lui parle calmement de sa voix douce et chuintante. Tom émerge, reprend conscience, sourit. Ses yeux sont alors grands ouverts, calmes comme la surface d'un lac à la fin du jour, juste avant que ne tombe la nuit. Il répète :

— *Miguetsh*[1], Manie ! *Miguetsh* ! Tu es bien bonne pour moi.

Il s'humecte les lèvres.

— Tu sais, Manie, je n'ai qu'un regret…

Manie s'arrête. La serviette au-dessus du front du vieillard, elle attend la suite.

— … je ne vais pas pouvoir te marier cet automne !

Le vieux Tom a toujours le mot pour rire, celui qui désamorce les situations les plus dramatiques.

— Tom, tu ne changeras jamais !

— Non… Je ne regrette rien. Je remercie le Grand Créateur de toutes choses. J'ai l'immense privilège d'avoir vécu longtemps. Je meurs vieux, comme un vieil arbre dans la forêt. Un beau jour, une toute petite brise suffit à le terrasser, mais en tombant, il fait une trouée dans le ciel et ouvre la voie à la

1. Merci.

13

lumière du soleil. D'autres arbres pousseront, j'en suis certain.

Sa voix devient inquiète.

— Manie! Manie! Je ne regrette rien, mais je suis triste. Je crains pour l'avenir des Anishnabés.

Épuisé, Tom ferme les yeux. Seul son souffle court nous dit qu'il vit toujours. Les rides profondes de son visage se détendent. Agenouillé à ses côtés, je me demande où est son esprit. Quel territoire est-il en train de parcourir?

À minuit, il reprend conscience. Il nous regarde à tour de rôle. Sam a allumé des chandelles. Nous sommes comme des fantômes baignés dans une lumière jaune. Il fait signe à Manie. Elle approche son oreille de ses lèvres. Il lui murmure ses dernières volontés. Elle se redresse lentement, la figure défaite. Des gouttes de lumière roulent sur ses pommettes saillantes. Elle l'embrasse amoureusement sur le front, une main posée sur sa tête, l'autre sur les siennes qu'il a croisées sur son estomac. Elle pleure le vieux Tom comme si elle pleurait son propre enfant.

Pendant que Charlotte, Pinamen et Sam lui font à leur tour leurs adieux en l'embrassant sur le front, Manie me tend la serviette.

— Nipishish, tu le veilleras jusqu'à sa mort, c'est là son désir.

Je suis profondément ému, et en même temps heureux de rester seul avec Tom, de partager sa grande solitude.

Pinamen est la dernière à sortir de la tente. Je suis debout près de la porte. Elle se blottit dans mes bras. Je la serre très fort.

— Je reviendrai au lever du soleil.

— Je t'attendrai.

Je retourne vers Tom. J'éponge son large front chaud et luisant. Toutes mes énergies sont mobilisées par mes gestes. J'accompagne Tom sur son territoire de chasse. Mon cœur bat lentement, à grands coups dans ma poitrine. Je me sens investi d'un grand calme, d'une profonde sérénité.

Tom pose sa main large comme une patte d'ours sur ma cuisse.

— Nipishish…

Il murmure mon nom comme un filet d'eau qui glisse sur les galets.

— Nipishish?

— Oui, Tom.

— Tu as un beau nom… Nipishish… Petite rivière. Un jour, tu prendras le nom que portait fièrement ton père: Shipu, la rivière… Mais toi, tu seras Mishtashipu, la grande rivière, celle qui guide nos vies. Quand ce jour-là viendra, tu le sauras dans ton cœur. Ce sera ton secret et ta force.

— *Miguetsh*, Tom.

J'éponge son front fiévreux. Je médite sur ce qu'il vient de me dire. J'entends le vent qui pleure dans la cime des arbres.

— Nipishish, je te donne mon tambour et ma chanson, ma carabine, ma tente, mon canot. Tout ce que j'ai est maintenant à toi. Tu en es le gardien et le porteur. Le tambour, Nipishish, te parlera dans tes rêves. Écoute-le bien, c'est le battement de nos cœurs, la vie de notre peuple, la voie de la liberté. Le portage dans lequel tu dois marcher est en toi, ne le cherche nulle part ailleurs. Quand tu voudras me parler, entre dans la forêt tout doucement, comme un oiseau, assieds-toi, attends. Sois patient. Surtout, ouvre bien tes yeux et tes oreilles, respire profondément l'odeur de la terre et des aiguilles de pin. Repose ton âme. Ne me cherche pas plus loin, non, Nipishish ! Je serai dans ton cœur et dans les arbres, dans le vent et dans l'ombre des nuages, tout près ! C'est là que je serai pour l'éternité et pour toi.

Le sapin vert et le bois qui crépite dans le petit poêle embaument de leurs odeurs le cercle de la tente. Je me sens comme un aigle aux grandes ailes déployées qui plane en rond, très haut dans le ciel bleu, sans effort, le cou tendu. Je vois un immense territoire de mes yeux perçants. Je vole profondément en moi-même. Mon esprit et mon corps ne font plus qu'un.

La neige autour de moi est épaisse, silencieuse. Je n'entends plus aucun son, pas même le vent. Les arbres sont immobiles. L'air est froid, d'une grande pureté, translucide comme une mince couche de glace en bordure d'un ruisseau. Le paysage est éblouissant. Tout est blanc, immaculé, comme la peau d'un caribou tendue dans le cercle d'un immense tambour. Mes raquettes s'enfoncent. Je laisse derrière moi des traces nettes comme la piste d'une perdrix géante. Je suis sur le territoire de Sam Brascoupé, sur la rive du lac aux Quenouilles. Il y a de grands aulnes blancs de givre qui s'entrelacent à la lisière du lac. Je m'arrête. Je suis ébloui par la lumière blanche que reflète la neige bleutée. Tout à coup, par une trouée, à travers les aulnes enchevêtrés, je vois un énorme lièvre assis sur ses pattes arrière. Il me fixe d'un œil rond, rouge sang, impressionnant. Il se tient droit. Il n'a pas peur de moi. Je détourne légèrement le regard et quand je reviens vers lui, il a disparu comme par enchantement. Je me fraie un chemin dans les buissons. Il n'est plus là, mais tout autour, la clairière et la bordure du lac gelé sont sillonnées de profonds sentiers de lièvres qui s'entrecroisent et vont dans toutes les directions, comme autant de portages aux confluents de grandes rivières. Je me dis que ce territoire est riche, car il est habité par de nombreux lièvres et j'en suis heureux.

La main de Tom se relâche sur ma cuisse. Elle me tire de ma rêverie. Le vieil homme a fermé définitivement les yeux pour mourir. Je l'embrasse sur le front. Je ne suis pas triste, mais ému dans tout mon être. Je n'ai jamais été aussi près de la mort. La vie de Tom s'est envolée vers le paradis des grands chasseurs, mais son esprit est toujours ici, dans la tente. Je sens sa présence rassurante et je reste un long moment prosterné.

Le petit poêle se refroidit. La flamme de la dernière chandelle vacille, puis s'éteint. Il fait froid. Une lueur blafarde perce la toile de la tente. Le corps du géant Tom se profile dans la pénombre. Je tire la couverture de la Baie d'Hudson roulée à ses pieds et je le couvre en entier. Je sors.

Une longue frange rouge, flamboyante, ourle l'horizon à l'est. Un jour neuf pointe déjà. Je remercie le Grand Créateur de toutes choses pour sa générosité. Je respire profondément l'air sacré qui me donne la vie.

3

MUSH

Pinamen est là, près du tronc droit et lisse d'une longue pruche au feuillage dentelé. Sa figure est solennelle, ses cheveux noirs tombent sur ses épaules. Je la trouve très belle. Je suis heureux de sa présence.

— Tom est mort.

— Oui. Manie va venir avec les femmes. Elles se préparent.

Elle porte sur son ventre un sac de toile qu'elle soutient de ses deux mains en cerceau. Le sac s'agite.

— Qu'est-ce que c'est?

— C'est pour toi!

J'ouvre, je plonge les yeux au fond.

— C'est… c'est un chiot! Qu'est-ce qu'il fait là?

Une grosse boule de poils noirs piétine, tourne en rond, branle la queue. Je le soulève à pleines mains. Son corps est dur, musclé. Il frétille et se contorsionne comme un poisson qui sort de l'eau. Je le couche sur mon épaule pour le rassurer. Il enfouit son museau froid dans mon cou, me lèche le menton et le nez de sa langue râpeuse. Pinamen lui caresse le dos.

— Comment le trouves-tu ?

— Magnifique ! C'est un chiot plein d'énergie.

— Il est à toi. Je pense qu'il t'aime déjà beaucoup.

— À moi ? Où l'as-tu déniché ?

— Manie le gardait pour toi, à la demande de Tom. Elle dit que ce sera ton compagnon pendant de longues années, le temps qu'il te faudra pour te remettre de la mort de Tom.

— Il est beau, très beau. Je vais l'appeler Mush[1], en hommage à Tom, grand chasseur d'orignal.

— Rentrons à la maison.

Je remets le chien au chaud dans son sac et je le porte en bandoulière. Nous marchons main dans la main dans le sentier tapissé d'aiguilles de pin. Des odeurs de résine et de sous-bois embaument l'air vaporeux du matin.

La réserve dort encore. La brume s'étire et se lève à la surface du lac Cabonga. De longues coulées claires se fraient un chemin

---

1. Mot algonquin pour orignal.

sur l'eau. La terre humide dégage ses derniers arômes nocturnes.

La main de Pinamen se crispe. La voiture de la Police montée apparaît au bout de la route de terre. Elle vient vers nous lentement, en cahotant, les phares encore allumés.

Nous n'avons pas le choix. Impossible de changer de route. Nous devons les croiser. D'ailleurs, les policiers nous ont certainement vus. Nous empruntons l'étroit sentier qui longe la route, l'un derrière l'autre pour leur laisser toute la place. Nous marchons, le visage fermé, sombre comme l'écorce d'un chêne, bouche cousue, tête baissée. Nous faisons comme si la patrouille n'existait pas. Je n'ai pas le cœur à leur parler. La voiture nous frôle. Le conducteur baisse sa vitre, s'immobilise, penche la tête à l'extérieur. Ils sont deux, des siamois en habit écarlate, frais rasés, la peau rose. Ils brillent comme «une *cenne* neuve[1]». Le conducteur, le plus âgé, c'est le sergent MacDonald. Je le connais, il m'a interrogé le jour du cambriolage. J'en garde un mauvais souvenir. Il est hautain, cassant. Personne ne peut le sentir dans la réserve. Il le sait et ça lui fait plaisir. Il ne m'aime pas. Je le vois dans son regard froid.

1. Comme un sou neuf.

Il a les lèvres rouges, de la mousse aux commissures, comme une couleuvre.

Le moteur roule. Une fumée noire court sur le sol, nous enveloppe, nous empeste. Nous passons tout droit.

— Hé, les amoureux! J'ai à vous parler. Arrêtez! Sauvez-vous pas!

Nous nous arrêtons. Il recule jusqu'à notre hauteur, s'étire le cou pour mieux nous voir.

Je n'aime pas les voitures de police. On m'y a fait monter de force une fois, à Mont-Laurier. J'étais menotté, bourré de coups de pied, la tête sous la banquette, le nez dans la boue et la vomissure. Je vois qu'ils ont maintenant posé un grillage pour séparer l'avant de l'arrière de la voiture. Les passagers sont en cage comme des animaux sauvages, dangereux.

Je serre les poings. Ma colère couve comme un lit de tisons ardents prêt à exploser au moindre souffle. Je les déteste, mais je n'en laisse rien paraître. Je suis imperturbable comme une eau stagnante. J'attends. Il dévisage Pinamen de la tête aux pieds, un sourire vicieux au coin des yeux.

— Ouais, tu perds pas ton temps, mon homme. Tu as passé la nuit à la belle étoile, je te comprends…

— …

— Qu'est-ce que tu caches dans ton sac?

— …

— Qu'est-ce que tu trimbales comme ça?

— …

Mush aboie, s'agite. Je le sors et le couche à nouveau sur mon épaule.

— Un chien!

— …

— Tu le feras enregistrer. Tu sais que tous les chiens doivent porter une médaille au cou avec un numéro d'enregistrement. C'est la loi. Le sais-tu?

— …

— Non? Alors je te le dis, Larivière. Un homme averti en vaut deux. Sinon, nous abattons à vue tous les chiens sans médaille.

J'en ai assez entendu. Sans hésiter, en martelant mes mots, je lui lance:

— C'est ça! Je comprends parfaitement. Pour exister, les Indiens ont besoin d'un numéro de bande et les chiens, d'une médaille.

MacDonald, le cou toujours tordu au volant de sa voiture, sourit, la face de travers. Il tire une bouffée de fumée de sa cigarette.

— Je vois, Larivière, que ça tourne vite dans ta petite tête.

— …

— Qu'est-ce que tu as l'intention de faire maintenant à part « chanter la pomme à ta blonde », vingt-quatre heures par jour ?

Il ne sourit plus. Il a fini de s'amuser. Ses mâchoires se durcissent. Il n'a pas dormi de la nuit. La fatigue fait son effet. Ses yeux verts sont éraillés. Il me pointe méchamment. Sa voix est sèche. Il donne des ordres comme dans l'armée.

— Larivière, je t'ai toujours à l'œil. Le cambriolage du Conseil de bande, ça te ressemble trop pour que ce ne soit pas toi. Tu montes les Indiens contre les Blancs ! Tu leur enfles la tête ! Le barrage de la route pour empêcher les bûcherons d'entrer dans la pinède, c'est toi tout craché ! Laisse-moi te dire que tu te prépares des jours sombres. Tu n'es pas sorti du bois ! À la première occasion, je te mets la main au collet. Je te le jure ! *Good bye*, Larivière !

En mon for intérieur, je lui crache en pleine figure que je suis un homme libre ; je n'ai rien à me reprocher, je n'ai aucun compte à lui rendre. Tout ce que je veux, c'est vivre dignement, dans la paix et le respect. Mais je me tais au prix de mille efforts. Tous mes muscles sont noués. Mes oreilles bourdonnent. Il me provoque, je le sais. Je ne veux pas jouer son jeu et tomber bêtement entre ses griffes. Pinamen me le rappelle en me prenant par le bras ; elle m'incite à reprendre notre marche.

Je remets Mush lentement dans le sac. Je souris méchamment au policier et, tout à coup, je me mets au garde-à-vous, le corps raide, les yeux dans le vague ; je le salue comme dans l'armée en criant :

— Oui, mon caporal ! Tout ce que vous voudrez !

Je claque des talons et lui tourne le dos. J'ai eu le temps de le voir blêmir. J'ai joint l'insulte du geste à la parole. Piqué au vif, il rugit comme un ours dans une cage, ouvre la portière avec fracas, crache sa cigarette. Il va foncer sur moi, m'étrangler…

Pinamen se place entre nous deux. Nous sommes au cœur de la réserve. Des centaines d'yeux invisibles sont braqués sur nous. Je sens leur présence sans les voir. Tout à coup, la petite cloche grêle de la chapelle sonne le glas. Les sons aigus me glacent les os, me rappellent cruellement la mort de Tom. La douleur que j'avais refoulée au fond de moi-même jaillit, me submerge, me secoue. Le sergent se fige.

Les tintements lugubres sont espacés. Un à un, ils frappent comme des coups de fusil, envahissent la réserve et se répercutent en écho sur l'eau.

— Qui est mort?

Des hommes et des femmes aux figures sombres sortent en douce des maisons, marchent vers la chapelle où Manie et les doyennes, couvertes de longs châles noirs, se sont rassemblées. Les ombres disparaissent en procession dans la pinède.

Le silence est lourd, le ciel bas, la réserve vide. Soudain, je la trouve laide, immensément laide. Les maisons sont délabrées. Des sacs de poubelle ont été éventrés par les chiens. Des carcasses de camionnettes rouillent au fond des cours. La route boueuse est défoncée à plusieurs endroits. Je ne vois que misère, pauvreté, dépossession.

Le policier n'a pas bougé. Il s'appuie des deux mains sur sa portière à demi ouverte, toujours sur son élan, un pied dans la voiture, l'autre, botté, dans la boue. Il a l'air ridicule dans son accoutrement écarlate. C'est comme si la mort l'avait frappé d'un coup de masse en plein front! La figure crispée, il balbutie:

— Qui…?

Il est le seul à ne pas le savoir.

Pinamen et moi reprenons notre route. J'ai été sauvé de justesse par la cloche. Je me dis que ce sacré Tom y est pour quelque chose. Mais la prochaine fois, je ne sais pas ce qui m'attend.

○

Le curé n'est pas de bonne humeur. Il grogne. Il voulait enterrer Tom en terre sainte, dans le petit cimetière clôturé qui longe la chapelle. Les Anciens ont décidé d'en faire à leur tête. Ils respectent les dernières volontés du mort. Tom sera inhumé au pied d'un arbre, vêtu de ses plus beaux habits de peau d'orignal, enroulé dans sa couverture blanche et rouge aux couleurs de la vénérable Compagnie de la Baie d'Hudson.

Le vieux Mathieu bat le tambour. La cérémonie funèbre est solennelle. La pinède se transforme en un immense cœur vibrant. Nous sommes plus que jamais enracinés dans cette terre. Notre grand-père Soleil se couche, flamboyant comme un immense brasier qui nous encercle. Quand apparaît notre grand-mère Lune, nous chantons notre peine, tous réunis autour du feu et du tambour.

4

LES DOCUMENTS

Dès les premières lueurs du jour, Pinamen et moi sommes dans la pinède. Nous démontons la tente de Tom et roulons les toiles pour qu'il ne reste sur terre aucune trace du passage de cet homme. C'est dans notre mémoire qu'il doit vivre maintenant. Je récupère le tambour, la carabine, le long filet de pêche, le petit poêle. Nous brûlons les branches de sapin qui tapissent le sol. Seules restent debout les longues perches squelettiques montées en faisceaux. Elles appartiennent à la pinède et seront certainement utiles à quelqu'un d'autre qui, à son tour, montera sa maison ici, en ce lieu sacré.

Il me reste une dernière tâche à accomplir dans la pinède. Une idée m'habite ; elle a pris naissance au cours de la nuit passée auprès de Tom. Le vieil homme, dans sa sagesse, a semé en moi une petite graine qui a rapidement germé. Elle fleurit comme un perce-neige au printemps. Elle avive un vieux rêve que je caressais au pensionnat et qui m'a suivi jusque dans ma famille d'accueil à

Mont-Laurier. En démontant la tente de Tom avec Pinamen, j'ai tout à coup entrevu que ce rêve impossible pour moi, Nipishish, métis, pourrait enfin devenir réalité. Je suis enthousiasmé. Je n'ose pas y croire, mais c'est plus fort que moi. Seul, je ne pourrais pas relever le défi, mais si Pinamen le veut, ensemble, nous pourrons y arriver. Plus j'y pense, plus je sens la fièvre m'envahir.

Je scrute minutieusement les environs pour m'assurer que nous sommes bien seuls. Je n'entends que le passage du vent, le chant des oiseaux dans la tête des arbres. Je suis sur mes gardes par mesure de précaution, car je sais que toute la réserve est en deuil. Je suis le seul autorisé à démonter la tente de Tom, car je suis son héritier.

Tout est calme, mais je sais qu'il y a toujours des yeux indiscrets. Je prends Pinamen par la main et l'emmène à travers bois. Nous nous tapissons sous les branches étalées d'un grand pin. Je n'y suis venu qu'une fois avec Tom. Je sais que je suis au bon endroit. Je reconnais bien les lieux.

— Regarde, Pinamen.

Je plonge mes mains dans le ventre de l'arbre, entre ses racines gonflées, et en tire un panier en écorce de bouleau. Je le pose par terre, entre nous deux.

— Qu'est-ce que c'est, Nipishish?

J'ouvre, j'en sors une épaisse liasse de papiers roulés que je m'empresse d'enfouir dans mon sac de toile et je remets le panier à sa place.

Pinamen, les deux mains sur ses cuisses, attend, les yeux interrogateurs, que je lui explique ce qui se passe. Agenouillé dans les aiguilles de pin, à voix basse, je lui confie mon secret:

— Pinamen, pendant ton séjour à Manoane, chez ta mère, j'ai profité d'une nuit d'orage pour m'introduire comme une fouine dans le bureau du Conseil de bande. Il pleuvait, il faisait noir comme en enfer. Personne ne m'a vu. J'ai ouvert le classeur, fouillé dans les dossiers et j'ai pris les documents qui me concernent et ceux de mon père Shipu. J'ai cherché ceux de ma mère, mais je ne les ai pas trouvés. J'ai dû m'enfuir. La Police montée n'était pas loin... Ma mère était Blanche, ils ne gardent peut-être rien concernant les Blancs. C'est Tom qui m'a montré cette cachette.

— Nipishish, c'est dangereux. Je ne veux pas que tu prennes tous ces risques pour moi. Je t'aime, tu le sais, et ma mère accepte maintenant que nous vivions ensemble. Que tu sois métis m'importe peu… tu pourrais te retrouver en prison…

Sa voix tremble. Je sens frissonner ses mains dans les miennes.

— J'ai demandé au ministère des Affaires indiennes de consulter ces dossiers. L'agent a refusé sèchement. Alors je les ai pris. Tous ces papiers me concernent, Pinamen. Ils contiennent des informations sur moi, sur mon père, peut-être sur ma mère. Je veux savoir qui je suis, d'où je viens… comment et pourquoi mon père est mort. Je ne crois pas qu'il se soit noyé accidentellement. Tous ceux qui ont connu mon père en parlent avec respect, mais je sens à travers leurs paroles qu'il y a des aspects cachés de sa vie qu'ils ne connaissent pas. C'était un homme mystérieux.

— Qu'allons-nous faire, Nipishish ?

— Je n'ai pas pu lire les documents. Ici, dans la réserve, tout se sait. Il y a des yeux partout qui nous épient. Nous vivons cordés les uns sur les autres, comme dans une boîte de sardines. J'étouffe ! Toi et moi, nous vivons chez Manie, dans sa maison, à ses dépens. Il nous faut quitter la réserve. Vivre ailleurs.

— Je peux demander à ma mère… À Manoane.

— Écoute… tu sais que Sam et Charlotte n'iront pas sur leur territoire de chasse cet hiver, car les enfants doivent aller à l'école. Ce que je te propose, c'est que nous y allions à leur place... Que dirais-tu, Pinamen, de passer tout l'hiver sur leur ligne de trappe?

J'attends un peu, pour voir dans ses yeux ce qu'elle en pense. Ils sont ronds.

— Ils ont une bonne cabane que nous connaissons, un territoire riche, bien entretenu, même des chiens de traîneau... Nous avons l'héritage de Tom: une tente, une carabine, des couvertures, un tas de choses... Nous sommes riches, Pinamen. Et Manie nous aidera.

Ses joues rougissent. Ses yeux brillent.

— Nous serions enfin seuls, toi et moi. Je pourrais, en forêt, le temps venu, lire tous ces documents en paix, à tête reposée, loin de la police et de tous ces regards indiscrets.

Pinamen se lève sur ses genoux. Sa tête frôle les branches. Je me lève aussi. Spontanément, nous nous enlaçons. Je la sens toute chaude. Des odeurs de pomme de pin embaument l'air. Un écureuil en colère s'époumone quelque part dans les branches.

— Nipi, j'en parle à Charlotte. C'est ma tante, je suis certaine qu'elle sera d'accord.

— Je ne suis pas très habile dans le bois, mais je suis prêt à tenter ma chance. Je sais qu'à nous deux, nous réussirons. La nuit dernière, près de Tom, j'ai fait un beau rêve plein d'animaux et de neige. Ça m'a encouragé. C'est ce qui m'a décidé… Hier, j'étais dans un cul-de-sac, pris dans le piège de la réserve. Aujourd'hui, je vois une forêt toute blanche devant moi, une forêt accueillante, de grands lacs gelés, des montagnes au loin qui se perdent dans un ciel bleu. Je sens déjà le vent durcir mes joues…

— Nipi, la nature est généreuse. Tout ce dont nous avons besoin pour vivre, c'est qu'elle nous donne un peu de nourriture. Nous serons ensemble. Faisons-lui confiance comme le faisaient nos ancêtres.

Elle colle le bout de son nez froid sur le mien.

— Et toi, Nipi, tu seras mon grand trappeur d'amour.

5

LA CABANE

Je suis contente. Cet après-midi, nous sommes seules, les trois femmes. Je peux profiter de l'occasion pour parler de notre projet à ma tante Charlotte. Manie aussi est là. C'est tant mieux. Je compte sur elle. Toutes les deux s'affairent autour d'une grande peau d'orignal boucanée qu'elles ont étendue sur la table de la cuisine. C'est une belle peau épaisse, souple, dorée. Elles taillent des mitaines. J'aime l'odeur de fumée qui s'en dégage et qui flotte dans la pièce.

Manie et Charlotte sont absorbées par leur travail. Moi, le nez dans une assiette débordante de perles multicolores que j'ai posée sur mes cuisses, j'enfile une à une les billes minuscules du bout de mon aiguille effilée. Je les sélectionne minutieusement, en silence. J'attends le moment propice pour intervenir. C'est Manie qui me l'offre. Sans s'arrêter, les gros ciseaux à la main, elle me jette un coup d'œil par-dessus ses lunettes.

— Tu as l'air soucieuse aujourd'hui, ma belle Pinamen…

Elle poursuit sa taille à petits coups, mine de rien.

— Oui…

Et elle enchaîne :

— Qu'est-ce qui ne va pas ?

Charlotte étire la peau, passe sa main pour enlever les plis. Je vois dans son visage qu'elle est à l'écoute. Je décide de foncer.

— Je suis tellement inquiète pour Nipishish. La police lui tourne autour, le harcèle comme une meute de loups.

Songeuse, Manie se redresse, les ciseaux dans les airs.

— Oui, c'est un jeune homme prompt…

— J'ai peur qu'il perde patience, qu'il s'emporte tout d'un coup, qu'il explose… Ils n'attendent que ce moment-là pour l'arrêter.

Je suis debout. Je pose mon travail sur la table. Charlotte prend la parole sur un ton inquiet :

— La réserve est malsaine pour tout le monde. Nous tournons tous en rond, à ne rien faire. Les hommes sont désespérés, dépossédés. Il y a trop d'alcool, trop de violence. Je ne me reconnais plus là-dedans… Je suis inquiète pour mes enfants. Si j'avais eu le choix, je serais restée sur notre territoire.

— Justement, tante Charlotte, moi et Nipishish avons une demande à vous faire. Nous
aimerions monter dans le bois, cet automne,
à votre place. Nous sommes jeunes, nous
n'avons pas d'enfants, nous pourrions entre-
tenir la cabane, la ligne de trappe, nous
occuper des chiens…

Les deux femmes sont prises par surprise. Elles ne s'attendaient pas à une telle
requête. J'imagine toutes sortes d'interrogations dans leurs yeux ronds. Du coup, elles
sont restées figées. Puis le visage de Manie
se détend. Elle serait prête à intervenir, mais
il appartient à Charlotte de dire la première
ce qu'elle en pense. C'est à elle que j'ai posé
la question. Elle articule bien, pesant ses
mots, comme si ce qu'elle disait lui venait à
l'esprit au fur et à mesure.

— Je pense… Je pense que… que c'est
une bonne idée.

Et elle opine en même temps.

— Oui! Oui! une très bonne idée.

Une flamme jaillit dans les yeux de
Charlotte et mon visage s'illumine. Manie a
un large sourire. Elle pose ses ciseaux et
chiffonne son tablier dans ses mains.

— Oui, mes enfants, c'est une bonne
idée.

J'ai rarement été aussi heureuse. C'est comme si on me donnait un cadeau exceptionnel. J'ai vécu en forêt quand j'étais petite, avec ma mère et mes grands frères. J'en garde un si bon souvenir. J'en rêve souvent, même les yeux ouverts.

Manie, l'œil en coin, dit:

— Et Sam?

— Sam, je m'en charge. Je connais bien mon mari. Je n'aurai pas de difficulté à le convaincre. Même que ça fera bien son affaire! Il était inquiet pour la cabane, l'entretien de la ligne de trappe. Il ne savait pas trop quoi faire avec les chiens. Il dit souvent: «Un territoire qui n'est pas occupé est un territoire abandonné.» Et nous vous rendrons visite avec les enfants.

J'embrasse Charlotte. Je ne tiens plus en place.

— Je vais annoncer la bonne nouvelle à Nipishish! J'y vais tout de suite. Je terminerai les perles plus tard...

6

LE DÉPART

Je sors le canot de Tom de l'eau. Je le fais pour me tenir occupé, en jetant constamment des coups d'œil furtifs vers le sentier. J'ai des fourmis dans les jambes. Tout à coup, je vois venir Pinamen, la démarche empressée. C'est bon signe. J'ai hâte de savoir. Si la réponse est non, je serai l'homme le plus déçu au monde, mais je me rassure, ça ne peut être que oui ! Je dépose le canot sur la grève et cours à la rencontre de Pinamen. Elle a un sourire ensoleillé, je n'ai même pas à la questionner. Elle pose ses mains sur mes épaules. Je la tiens par la taille.

— Tu es mon chasseur préféré.

— Ça y est !

— Oui ! Préparons-nous à monter dans le bois le plus vite possible.

— Je suis heureux, très heureux.

— Moi aussi, je suis énervée comme l'hirondelle au printemps. J'ai envie de voler !

— Pinamen, je vais trapper pour toi, pêcher pour toi. Je vais t'apporter des castors, des lièvres, des grosses truites, un orignal…

— Un orignal?

— Oui. Tout ce que tu voudras.

— Ce soir, nous soupons tous ensemble chez Manie. Sam et Charlotte seront là. Il faut préparer notre départ.

Notre montée dans le bois devient un événement important dans la famille. Manie est enthousiaste. Elle trône au bout de la table en répétant:

— C'est comme si c'était moi qui partais!

Elle ajoute:

— Allez-y, les jeunes, c'est ce que vous avez de mieux à faire. C'est ce que j'ai fait, moi, à treize ans. Je suis partie avec Joseph. Ça n'a pas toujours été facile. Nous avons travaillé fort. Je sais ce que c'est que d'avoir faim, d'avironner pendant des semaines, de portager gros toute la journée, avec des enfants et des bagages sur le dos. Mais si c'était à recommencer, je le referais sans hésiter. Je ne regrette rien… En plus, je vous avoue que le bois me manque. J'ai encore l'odeur de sapinage incrustée dans ma peau. Je marche avec mon aviron dans une main et mon paqueton sur les épaules. Mes yeux sont faits pour voir les forêts de sapins et d'épinettes...

Elle s'arrête, nous regarde, monte le ton :

— En plus, vous donnez une bonne leçon à tous ces fainéants qui restent assis sur leur derrière dans la réserve, les doigts dans le nez, à se faire vivre par le gouvernement, à se tourner les pouces, boire et se chamailler comme des oursons au printemps.

Après le repas, nous nous assoyons à part, Sam et moi, sur un banc près du poêle. C'est un petit homme vif, noueux, au teint fortement basané. Sa figure est ronde et il porte fièrement une moustache mince et noire. Il est manchot, mais très habile. Il bourre sa pipe sur ses genoux fermés, tient le foyer au creux de sa main, une allumette serrée entre l'index et le majeur. Il frotte l'allumette sur le poêle chaud. Elle explose. Alors, rapidement, il coince le tuyau de la pipe entre ses dents, place la flamme sur les brins de tabac bien tassés et tire bruyamment de courtes bouffées bleues. Puis il me parle :

— Nipishish, mon territoire, je l'ai hérité de ma mère.

Il tire sur sa pipe.

— Mon territoire, je le connais comme le fond de ma poche. Je vais te décrire les ravages des orignaux, les *ouaches*[1] des ours, les cabanes des castors, les terriers des rats musqués…

Il prend à nouveau le temps de fumer. J'écoute attentivement.

— J'ai un bel attelage de cinq chiens. De belles bêtes. Quatre jeunes qui sont encore sauvages et une chienne de tête de deux ans que j'ai commencé à dresser. Elle est vaillante. Les chiens te seront utiles pour voyager, transporter le bois de poêle, charroyer l'eau. Tu les aimeras, mes chiens. Je te les confie, vous deviendrez de grands amis.

Sam m'entretient comme si nous étions, lui et moi, deux grands chasseurs. Il me confie ses secrets dans le plus grand des respects. Je me sens honoré, grandi.

J'ai couché Mush sur mes cuisses. Je caresse doucement son poil qui se lustre. Il dort profondément. C'est la police que je crains. Elle pourrait fort bien profiter de mon départ pour m'arrêter, me fouiller. Nous avons choisi de prendre la route tôt, le dimanche matin, car il est rare qu'elle patrouille la réserve ce jour-là. Notre projet est connu. Les Algonquins en parlent entre eux à la maison, mais jamais ils n'en souffleraient mot aux

1. Lieu où hibernent les ours. Mot algonquin.

Blancs, encore moins à la police. Ce que nous faisons ne regarde que nous… Tout à coup, un doute passe comme un coup d'aile dans mon esprit. Mon visage s'assombrit… William? Non! je m'empresse de chasser cette idée de mes pensées. Il ne ferait jamais cela. Il était là avec sa famille, solidaire, lorsque nous avons barré la route aux bûcherons qui voulaient abattre les arbres de la pinède. Non! William ne me trahira pas.

C'est au petit matin, sur la pointe des pieds, que nous quittons la réserve. En quelques jours, nous avons rassemblé tout notre barda dans la caisse de la vieille camionnette de Sam: toiles, canot, couvertures, carabine, pièges, haches, farine, graisse.

Manie et Charlotte nous embrassent.

— Allez, les jeunes! Partez! Nous irons vous voir, le mois prochain.

Pinamen garde avec elle son sac de vêtements. Elle a enfoui mes documents tout au fond. Nous partons contents, mais le cœur serré.

Nous arrivons à la cabane au début de l'après-midi. Même la température nous est favorable. Le soleil nous inonde de ses rayons chauds. La cabane de rondins est construite sur un petit plateau, au milieu de gros sapins touffus et de longues épinettes élancées. Elle est grande, chaleureuse, propre. Dans la cuisine, deux fenêtres, l'une dans la porte, l'autre au-dessus de l'évier, nous donnent une vue exceptionnelle du côté où se lève le soleil, sur le quai et les niches des chiens, en contrebas. La vue porte sur toute la longueur du lac aux Quenouilles qui s'étire paresseusement au fond de la vallée.

Pour le moment, nous nous installons tant bien que mal. Nous aurons bien le temps nécessaire pour tout mettre en place au cours des jours suivants.

Sam, venu nous aider, repart aussitôt, avant la tombée du jour. Il doit retraverser le lac, cacher son canot à moteur au fond de la baie, marcher jusqu'à la route principale qui traverse le parc La Vérendrye, puis reprendre sa camionnette pour rentrer à la réserve.

Nous nous empressons de chercher un lieu sûr pour mes dossiers. Pinamen et moi regardons partout : sous le matelas, sous les combles, dans les armoires. Tout est à découvert, facilement accessible. Soudain, Pinamen lance une idée :

— Au fond de la boîte à bois ?

La grosse boîte trône le long du mur, derrière le poêle à deux ponts.

— Ah oui… oui… c'est bon.

J'enlève les grosses bûches sèches une à une. Pinamen dépose mon butin tout au fond. Je le couvre de copeaux et d'écorce et j'empile à nouveau les quartiers de bois. Le tour est joué. Déjà, nous nous sentons mieux. Je lirai tout ça le jour où je serai bien installé, quand je me sentirai en sécurité. En forêt, rien ne presse. Il n'y a plus d'heures, de jours, de mois, mais le coucher et le lever du soleil, le changement des saisons et l'instant présent que nous vivons pleinement.

7

L'AUTOMNE

Nous nous couchons avec la noirceur, dans le grand lit au fond de la cabane, ensevelis sous les couvertures, comme des renards dans leur terrier.

Nous sommes pour la première fois infiniment seuls. La cabane craque. Nous tressaillons dans les bras l'un de l'autre. Nous savons que nous sommes en sécurité, la maison est solide, elle a subi l'épreuve du temps. Au cours des années, elle a su résister sans broncher aux tempêtes de vent, aux vagues de froid, aux bordées de neige… Mais nos oreilles sont à l'écoute du moindre bruit.

— Pinamen ?

Je murmure son nom. Ma voix est sourde.

— Oui, Nipishish.

— Es-tu bien ?

— Oui, Nipi, je suis bien, très bien.

Nos voix nous rassurent. Pinamen se rapproche davantage. Je la serre dans mes bras. Nous savons qu'il n'y a personne d'autre que nous à des dizaines de milles à la ronde.

Nous sommes seuls, isolés, mais étrangement bien. Nous vivons ce que nous avons toujours voulu vivre et nous nous murmurons à l'oreille ce que nous allons faire avant que le lac ne gèle, puis quand il sera recouvert d'une épaisse carapace de glace et que le froid intense fera éclater l'écorce des arbres pétrifiés. Nous oublions la noirceur et l'isolement. Il n'y a plus que Pinamen et moi. Rien d'autre n'existe.

— Demain, je tendrai le grand filet de Tom. Je vais capturer beaucoup de poissons pour nous et pour nourrir les chiens. Sam dit qu'ils mangent comme des gloutons.

— Nous aurons besoin de beaucoup de bois de chauffage.

— Oui… Je vais nettoyer le sentier de la ligne de trappe. Sam m'a bien expliqué le trajet sur le pourtour du lac. Il traverse la rivière, s'enfonce dans la montagne puis revient à la cabane en suivant l'autre rive.

— Moi aussi, je vais avoir une ligne de trappe. Je vais tendre des collets à lièvre dans la sapinière. Je l'ai souvent fait avec maman quand j'étais petite. Je suis certaine qu'il y a beaucoup de lièvres ici.

Ses dernières phrases sont lentes, les mots lourds… Pinamen dort dans mes bras.

Je sens un délicieux sommeil m'envahir. Je me laisse couler tout doucement.

Tout à coup, nous nous réveillons en sursaut. Je suis un peu perdu. Combien de temps avons-nous dormi ? Je suis glacé, immobile. Pinamen est tendue. Nous sommes muets. Nous écoutons, figés, concentrés… Les chiens grondent. Qu'ont-ils ? Soudain, ils hurlent. Ils sont déchaînés, en colère.

Nous ne bougeons pas, crispés. Leurs aboiements retentissent dans la cabane. Nous les entendons comme s'ils piétinaient le perron de leurs pattes aux longues griffes.

Mush, couché près du gros poêle, se précipite sur la porte en jappant. Que se passe-t-il dehors pour les provoquer de la sorte ?

Je m'assois sur le bord du lit. Je suis revenu de ma surprise. Mon cœur reprend un rythme plus normal, mais je reste inquiet. Le vent est tombé. Par la petite fenêtre de la porte, le ciel est clair, profond, scintillant. Les étoiles semblent à portée de la main. Une douce lumière inonde la pièce. Une grosse lune immobile, imperturbable, crève le ciel, juste au-dessus de la ligne sombre des montagnes. Elle trace un large ruban argenté sur le ventre du lac aux Quenouilles. Les arbres projettent des ombres qui s'entremêlent et se profilent sur la rive.

Les chiens, en contrebas, sont au bout de leurs chaînes. La gueule ouverte, les crocs luisants, le museau pointé vers l'extrémité du lac, là où aboutit le sentier qui mène à la route. J'ai beau fouiller la rive des yeux, elle est trop loin. Je ne vois rien… mais les chiens ont le nez fin. Sam est le dernier à avoir pris cette direction. À cette heure-ci, il est certainement chez lui.

Peu à peu, les bêtes se calment, larmoient, flairent une dernière fois, roulent la queue entre les pattes et retournent à leurs niches, la tête basse comme si elles étaient déçues.

La chienne de tête saute prestement sur le toit plat de sa niche qui lui sert d'observatoire. Elle reste aux aguets, les oreilles pointées. C'est une chienne racée, élancée, les pattes fines. Le long poil de son cou est hérissé en collerette.

Mush m'écrase les pieds de ses pattes chaudes. Le plancher est frais. Je fais une attisée[1] et je retourne me coucher, Mush dans mes bras. Pinamen nous attend, assise dans les couvertures.

— Sais-tu ce que c'est?

1. Attiser le feu, ajouter du bois.

— Non ! je n'ai rien vu. C'est peut-être un loup qui rôde… ou un orignal qui a traversé à la nage… Chose certaine, nos chiens sont de bonnes sentinelles. Malheur à qui s'approcherait trop de la cabane !

Pinamen couche Mush entre nous deux. Il se blottit à plat sous les couvertures, le museau entre les pattes.

8

LES CHIENS

Je me lève tôt. Je vais puiser l'eau au lac, j'en profite pour observer les chiens de Sam à distance. Je sais qu'ils se demandent qui je suis et ce que je fais là. Je joue à l'indifférent. Je veux qu'ils s'habituent à ma présence. Quand je m'approche, ils sortent rapidement de leurs cabanes, vont jusqu'au bout de leurs chaînes. Ils frissonnent des babines, montrent leurs longs crocs ivoire, pointus. Ils claquent des dents, le cou tendu. Ce sont encore des bêtes sauvages.

Je les nourris. Je leur lance à chacun un gros morceau de poisson qu'ils attrapent au vol à pleine gueule. Ils l'immobilisent entre leurs pattes et l'engloutissent en trois coups de mâchoires. Puis, ils lèvent la tête, se pourlèchent les babines, bâillent, en demandent encore, mais c'est tout ce qu'ils auront.

Je m'approche d'abord de la chienne de tête. Elle bondit sur son toit, s'assoit sur son derrière, me toise. Je lui parle doucement pour qu'elle s'habitue à ma voix.

— Bonjour, ma belle. Comment vas-tu ce matin ?

J'avance lentement ma main nue. Elle me renifle, m'effleure de son museau froid, grogne.

— Mais non… mais non… doucement… c'est ça… doucement. Tout ce que je veux, c'est te caresser.

Les autres nous regardent du coin de l'œil. Ils sont nerveux.

La chienne de tête est blanche comme la poudrerie. J'enfonce ma main dans sa crinière touffue. J'aime sa texture rude, la chaleur de son corps musclé. Je lui frotte le dos.

— Tu as un beau poil. Ça doit te tenir au chaud.

Elle tape durement sur le toit de sa niche avec sa large queue, puis balaie l'air.

Je ne regarde pas les autres chiens qui sont maintenant debout sur leurs toits, à l'exception d'un gros mâle noir qui s'est couché dans sa niche. Il me lorgne de loin.

Il fait de plus en plus froid et la nuit, la terre gèle. Un matin, je commence le dressage. Sam m'a expliqué : «Sois toujours sur tes gardes. Ces chiens sont comme des loups. Un *team*[1], tu ne sais jamais quand ça décolle,

1. Un attelage.

tu n'es jamais certain qu'ils vont t'obéir…
L'important, c'est de les aimer et de te faire
respecter. Laisse toujours traîner une longue
corde de secours derrière ton traîneau au
cas où tu tomberais. Et surtout, amarre-le
bien pendant que tu les attelles. Il n'y a
rien de plus imprévisible que des chiens de
traîneau…»

Je déchaîne la chienne de tête et je l'attache au bout d'une longue laisse. La colère
éclate. La meute est furieuse. Ils hurlent de
rage, se précipitent à s'éreinter au bout de
leurs chaînes. Je ne sais pas s'ils veulent être
libérés eux aussi… ou me dévorer à belles
dents.

Je connais les commandements. Pour
aller tout droit, ce n'est pas sorcier, c'est tout
naturel. Pour tourner à gauche, c'est le croas-
sement de la corneille : Hâ! Hââ! Hââ! toujours haut et à pleins poumons. À droite,
c'est comme la pie : Hi! Hi! Hi! et pour tout
arrêter, il faut s'y prendre d'avance. C'est :
Wôô! Wôô! Wôô!

Je suis prêt.

— Allez! Allez!

Et je secoue la laisse. La chienne de tête
s'engage en trottinant dans le sentier qu'elle
a repéré. Je me laisse porter, loin derrière,
comme si un traîneau et l'attelage nous

séparaient. Tout va bien. Je prévois les coups. Je connais le sentier sur le bout de mes doigts pour l'avoir nettoyé. Je l'ai parcouru de long en large. À chaque courbe, je commande : Hâ ! Hâ ! ou Hi ! Hi ! et une fois sur le plateau, je tonne : Wôôô ! Wôôô ! La chienne obéit au doigt et à l'œil. Elle s'immobilise, s'assoit les oreilles à l'affût, haletante, la langue pendante. Je me repose, puis je change de direction. C'est assez pour aujourd'hui.

— Allez ! Allez ! on rentre à la maison.

C'est comme si je l'avais fouettée. Elle fonce dans le licou. Elle ne trottine plus, mais court à toute vitesse. Ses pattes s'allongent, ses épaules roulent comme des vagues. Elle avale le sentier, moi derrière. Je n'arrive pas à la ralentir. Je me laisse traîner. Elle écrase les épaules, le dos arqué. Ses griffes mordent dans le sol.

— Wôô ! Wôô ! Wôô !

Rien à faire. Nous courons à l'épouvante. Elle tire comme une acharnée. J'enroule la corde à mon poignet. Je me jure que nous allons rentrer ensemble. Je sais que nous allons sous peu contourner une grosse épinette. Comme prévu, elle passe à gauche et moi, dans un suprême effort, j'enfile à droite, au risque de me blesser. La corde se bloque, la chienne crie de douleur et s'arrête net.

— Wôôô! Wôôô! ma belle.

Je reviens dans le sentier. Je raccourcis la laisse. Nous reprenons la course à une allure raisonnable. Nous sommes accueillis par une formidable clameur de longs hurlements entrecoupés de jappements sur tous les tons.

J'enchaîne la chienne. Je vais d'une niche à l'autre. Je leur caresse le dos un à un, tapote les fesses. Ils roulent leurs longues queues dans les airs comme un écureuil qui mange des noisettes. J'ai un bon mot pour chacun et je leur trouve un nom. Ma chienne de tête s'appelle La coureuse, car elle est élégante et rapide. Le gros noir, qui montre encore les dents, me fait penser à Carcajou, la bête maléfique qu'il faut toujours avoir à l'œil. J'ai aussi Gros museau ; c'est une bête énorme, au poil gris, aux épaules carrées. Il tient plus de l'ours que du loup. Il a l'air doux comme un castor, mais je sais qu'il ne faut pas s'y fier. Les deux dernières bêtes sont les plus jeunes. Il y a La sorcière avec son museau étroit et ses yeux en amande, perdus dans son poil hirsute. Le dernier, c'est La mouffette ; il est trapu et porte une belle robe noire et blanche.

Mon équipage est complet. Mais il me faut l'entraîner. J'ai beaucoup de plaisir à courir chaque jour dans le sentier avec La coureuse qui maintenant suit mes ordres. Nous allons de plus en plus loin. Nous formons un bon duo. Il est trop tôt pour sortir le traîneau. Alors, je prends la grande cuve à lessive de Charlotte et je la leste de quelques bons cailloux. J'attache d'un côté la corde de secours que j'amarre à l'escalier du perron et j'installe le maître brin[1] de l'autre. J'attelle mes chiens en tandem. D'abord les deux gros, les plus forts, Carcajou et Gros museau. Ils font bien la paire. Puis, je place La sorcière et La mouffette, les jeunots, au milieu, pour les encadrer, et loin devant, au bout de la corde, la maîtresse de l'attelage, La coureuse.

Les chiens sont tous assis sagement dans un ordre impeccable, comme s'ils avaient fait cela toute leur vie. J'ai l'impression qu'ils sourient. Je me cale prudemment dans la cuve, prévoyant un départ brusque. Je suis prêt. Il me reste à détacher l'amarre et à donner le signal du départ. Pinamen sort subitement sur le perron et me crie:

— Nipishish! ma cuve!

La coureuse se cabre, les quatre chiens sursautent, se lancent à fond de train dans leurs colliers. Le choc est brutal. La cuve est

1. Courroie centrale où sont attachés tous les chiens.

soulevée comme une plume, l'escalier littéralement arraché et nous voilà partis dans le sentier à une vitesse vertigineuse. Les arbres défilent, me passent de chaque côté de la tête. Je m'arc-boute, m'agrippe à deux mains aux rebords de la cuve qui vole et rebondit sur les mottes de terre gelée. J'ai beau crier à tue-tête :

— Wôô! Wôô! La coureuse! Wôô!

Je m'égosille pour rien. L'attelage s'en donne à cœur joie. Les chiens jappent. J'ai peine à me tenir. Je risque à tout moment de me retrouver cul par-dessus tête dans le sentier. Je prie pour que cette course folle s'arrête. Nous arrivons au ruisseau… peut-être vont-ils s'arrêter. Mais non, ils s'élancent pour le traverser comme si de rien n'était. La cuve plonge, se remplit d'eau. J'ai juste le temps de me lever comme un ressort. J'en ai jusqu'aux genoux et j'ai les fesses mouillées. Les chiens en ont jusqu'au cou. Ils nagent et lapent dans l'eau vive.

Je suis en colère. Je vois rouge. Il s'en faut de peu que je ne les fouette. Mais je prends une longue inspiration et je me calme. Je patauge jusqu'à La coureuse, je l'accroche par le collier et je remets l'attelage sur la route de retour. Les chiens, trempés, ont l'air piteux. Ils s'aplatissent par terre, les oreilles dans le cou, la queue entre les pattes. Ils miaulent comme des félins. Je n'entends pas à rire et ils le sentent bien. Mes gestes sont brusques, mon silence est dur. J'empile des roches dans la cuve. Quand tout est en place, je crie :

— Allez, La coureuse ! Allez, les chiens ! À la maison !

Le mot maison a un effet magique. Les colliers s'enfoncent dans les épaules, la courroie de trait se tend, vibre. Les chiens baissent la tête, les griffes glissent. Rien ne bouge. La cuve est bien calée. Je la soulève d'un côté.

— Allez ! Allez, La coureuse ! Courage !

La charge avance lentement sur les cailloux polis. Je multiplie les encouragements :

— Allez ! On y va !

Et je tire pour alléger le fardeau. Le train se met lentement en branle. Je m'attelle à mon tour pour leur faciliter la tâche. Nous arrivons à la cabane exténués, à bout de force. La cuve s'immobilise devant le perron qui n'a plus d'escalier. Les planches ont volé en éclats dans notre course folle.

Pinamen, abasourdie, est là, adossée à la porte. J'arrive en boitant, trempé, mais fier de mon coup.

Elle fait deux pas et, de haut, me dit d'une voix angoissée :

— Nipishish, la cuve de Charlotte!

Je regarde la cuve. Elle est toute cabossée, à demi remplie d'eau. Navré, je hausse les épaules. Je ne sais trop quoi dire.

D'un air narquois, je lui lance:

— Je t'apporte de l'eau pour la lessive!

Nous pouffons de rire.

— T'es-tu fait mal?

— Non… non… ça va.

Je me frotte les fesses. Tous mes os et mes muscles me font souffrir, mais je n'ai rien de brisé.

Cette randonnée restera mémorable. Mes chiens m'ont donné une sacrée bonne leçon. Je m'empresse de les dételer. Pinamen m'aide et quand nos regards se croisent, à nouveau, nous éclatons de rire.

— Nous achèterons une autre cuve à la Baie d'Hudson.

— Surtout, ne dis à personne ce qui est arrivé à celle-ci… et je referai un escalier dès demain.

9

QUATRE MÉGOTS

J'avance pas à pas, tout doucement, sur la pointe des pieds, le dos rond. Mes yeux balaient attentivement le sol. J'inspecte minutieusement le sentier qui arrive au débarcadère. Je ne laisse rien au hasard : une touffe d'herbe foulée, une branche cassée, un bout de papier de plomb, une vieille corde... Tout à coup, je me fige sur place. Des traces surprenantes de semelles sont légèrement imprimées dans le sol humide. Ce sont des bottes à talon! Je les piste comme un chien de chasse qui a repéré un castor sous la glace. Elles quittent le sentier, s'enfoncent dans la savane. Le trajet se devine dans la mousse. Les pieds de bleuets et les ifs ont la tête courbée dans le même sens.

Ah! il s'est arrêté ici, s'est probablement accroupi pour voir sous les branches des sapins qui bordent le lac. Par terre, quatre mégots sont enfoncés dans la mousse. Ce sont des mégots de Blanc. Des cigarettes toutes faites, achetées à l'épicerie, des cigarettes qui coûtent cher. Les Indiens roulent les leurs entre leurs doigts ou fument la pipe. Quatre mégots en tout… Il est resté là une bonne heure. Je l'imite, je m'accroupis, je regarde autour. C'est un excellent poste d'observation. D'ici, ma vue porte sur le lac. Du même coup d'œil, j'embrasse les rives, je vois les bouées du filet de pêche à droite et, tout au fond de la baie, minuscule, notre camp.

Je ne suis pas venu pour rien. Je ne me suis pas trompé. Hier à la brunante, en levant mon filet, j'ai eu une sensation désagréable. J'ai eu soudain froid dans le dos; l'impression que quelqu'un m'observait de loin. Il y avait quelque part des yeux braqués sur moi. Ce n'était certainement pas ceux d'un animal. J'ai poursuivi mon travail, mine de rien. De temps en temps, je jetais un coup d'œil furtif vers le débarcadère. Tout était silencieux, trop silencieux, trop calme à mon goût. Tous les oiseaux avaient fui. Même les écureuils se taisaient. Seul le gros goéland, immobile, les yeux ronds rivés sur l'eau, se tenait au garde-à-vous sur sa roche. Mais je le sentais prêt à s'envoler.

Je me demande qui s'est posté ici pour observer le lac. Un chasseur? Peut-être… C'est le moment de l'année où les Blancs chassent l'orignal. Ou bien c'est la Police montée…

10

PREMIÈRE NEIGE

Le plancher de bois me glace les pieds. Ce matin, il fait froid. Je sais que l'hiver vient de s'installer pour de bon. Je suis content. Un pâle bandeau de frimas dentelle la fenêtre de fougères transparentes. Par le carreau de la porte, on peut voir la vallée, figée. Les arbres secs sont silencieux, pétrifiés comme des monuments de pierre. Des flocons légers voltigent, épars, comme des gros maringouins qui dansent dans l'air givré, au rythme capricieux du vent du nord-ouest.

Le lac aux Quenouilles a blanchi au cours de la nuit, comme s'il avait pris un coup de vieux. Des traînées de poudrerie se poursuivent sur son dos, s'entremêlent dans les aulnes de ses rives, et explosent en tourbillons jusque dans les têtes ébouriffées des épinettes.

Mes chiens, flairant la tempête, se sont mis à l'abri dans leurs niches que le vent a tôt fait d'ensevelir sous la neige, excepté… Je ne comprends pas… Le gros Carcajou est assis sur son toit, le torse haut, les pattes avant raides. Son long poil charbon plaqué par le vent se hérisse sur son corps. Il a l'air d'un loup solitaire sculpté dans un bloc de glace noire. Carcajou a les yeux fixés au loin, sur le lac, vers la montagne invisible. Tout à coup monte en moi, jusqu'à m'oppresser, un profond sentiment d'amitié et de respect pour Carcajou. Que se passe-t-il dans sa tête, dans son cœur ? Il m'apparaît si seul, si grand dans la tourmente. À toute vitesse, j'enfile mon pantalon, mes *mukluks*[1], mon anorak, ma tuque et je sors. L'air est vif et mordant, si froid qu'il me brûle la gorge. Les planches gelées du perron résonnent comme une peau de tambour sous mes pas. Je saute dans la neige, m'enfonce jusqu'aux genoux. Je me laboure un chemin jusqu'à la niche. Carcajou et moi sommes face à face. Le chien ne bronche pas. Nos haleines chaudes se mêlent puis s'évaporent dans le froid. Je vois à travers ses paupières poilues, givrées par le frasil, deux perles minuscules qui brillent. Des glaçons pendent sous son museau et le long de ses babines roses. J'enroule mes bras autour de ses épaules. De la main droite, j'appuie sa tête contre la mienne, je le serre contre moi. Je caresse son dos. Je le sens

1. Bottes d'hiver.

vibrer. Nous disparaissons tous les deux dans un tourbillon de neige. Je ferme un instant les yeux. Les flocons fondent sur mes joues chaudes.

— Viens, mon beau Carcajou. Tu ferais mieux d'entrer dans ta cabane.

À grands coups de pied, je dégage le banc de neige qui en obstrue l'entrée. Carcajou saute de son perchoir et entre dans sa niche. Il tourne plusieurs fois sur lui-même, piétine sa litière, se couche roulé en boule, le nez enfoui jusqu'aux yeux dans le long poil raide du pompon touffu de sa queue.

Je m'empresse de retourner à l'intérieur, songeur. Carcajou a-t-il la nostalgie des jours où ses ancêtres couraient en toute liberté dans la forêt? J'attise le lit de braises rouges. Je charge le poêle. Pinamen prépare le thé. Nous sommes au cœur du monde.

Il fait si froid ce matin que rien ne bouge en forêt. Comme si la vie, tout à coup, avait cessé de respirer. Les animaux prévoyants ont tous un endroit pour se mettre à l'abri. Ils se terrent dans les bois épais ou sous la neige. Ils attendent le retour d'un temps plus clément. Ce sont des sages. Pinamen et moi, instinctivement, les imitons.

Il serait dangereux de s'aventurer en forêt par un temps aussi rigoureux. J'aime l'hiver, mais je le crains aussi. Il est aussi généreux que cruel et il ne pardonne pas aux téméraires, à ceux qui n'ont pas appris à vivre en harmonie avec lui. Nous restons bien au chaud dans notre maison. Nous avons une bonne provision de nourriture et de bois de chauffage. Le moment est venu pour moi de lire mes dossiers.

11

LES DOSSIERS

Le feu, dans le gros poêle noir, s'est emballé et le tuyau gronde comme une cataracte. Notre cabane, prise d'assaut par le vent, frémit jusque dans ses entrailles.

Je m'emploie à corder les gros quartiers de bouleau vert et d'épinette sèche le long du mur. Je vide la boîte à bois !

Pinamen comprend tout de suite mes intentions. Elle essuie la nappe cirée qui reluit, sert le thé et la bannique[1]. Je retrouve mon sac enfoui sous les écorces et les copeaux de bois, le secoue et le pose au milieu de la table. Je m'assois face à la porte qui laisse filtrer un peu de lumière blafarde par sa vitre carrée. Je sors lentement les deux liasses de papiers que je place devant moi, bien en ordre.

Je suis inquiet. Depuis le temps que j'attends ce moment. Mon cœur bat sourdement. Mes gestes sont minutieux, posés. Je sens dans tout mon être le besoin d'apprivoiser

1. Pain des Amérindiens.

cet amas de feuilles froides, inertes. Je dois les démystifier, me les approprier. Que cachent-elles? J'ai peur qu'elles me blessent.

Pinamen pose ses mains sur mes épaules.

Qui sait… J'ai peut-être risqué gros inutilement en m'introduisant, la nuit, dans le bureau du Conseil de bande? Pour les Blancs, je suis un délinquant, un voleur, mais en mon âme et conscience, je sais que j'ai fait ce que je devais faire. Quand défilent dans ma tête les moments importants de ma vie, je me rends compte que je ne me suis jamais trompé. J'ai toujours été bien servi par mes décisions.

Pinamen s'est assise au bout de la table. Elle se prépare à plumer deux perdrix grises qu'elle a déposées dans un grand bol en fer-blanc. Son visage est calme, ses yeux sombres. Je la sens pleine de tendresse.

Ministère des Affaires indiennes
et du Nord canadien

Fiche d'identité
(confidentiel)
Nom : Pierre Larivière
Nom indien : Nipishish
Né à : Maniwaki
Comté de : Gatineau
Baptisé : Non

Statut : Métis
Nom du père : Shipu
Nom de la mère : Flore St-Amour
N° de bande du père : 175
N° de bande de la mère : Aucun

Pierre Larivière, nom indien Nipishish, est le fils illégitime de Shipu, Indien algonquin du lac Victoria, dont le numéro de bande était 175. Pierre Larivière est né à Maniwaki, le 17 août 1944. Son père l'a amené à la réserve du lac Cabonga peu de temps après sa naissance, sans le faire baptiser. (C'est ce qui explique l'absence d'un certificat de naissance dans son dossier.) Sa mère, une Blanche, est décédée. L'enfant a été adopté et élevé, comme le veut la coutume, par Joseph et Manie Twenish, la famille du frère aîné de Shipu. Le père biologique (Shipu) est mort accidentellement en 1950. Il s'est noyé dans les chutes de la rivière des Rapides. Son canot a chaviré lors d'une fausse manœuvre effectuée au moment où il levait son filet de pêche.

Pierre Larivière a fréquenté le pensionnat indien de Saint-Marc, près de la ville d'Amos, en Abitibi. Dans son rapport, le directeur le décrit comme un garçon intelligent, mais têtu et rusé. Il qualifie Larivière de récalcitrant et d'indomptable, «sous des apparences de soumission, se

cache un être encore sauvage et revendicateur»,
dit-il. Il conclut que cet Indien est à surveiller
de près, car «il porte en lui la graine d'un
rebelle» et «ne fera jamais un bon et loyal
Canadien».

Pierre Larivière a été placé dans une famille
d'accueil à Mont-Laurier (chez Mona et Méo
Paradis). Il a fréquenté sans grand succès sco-
laire l'école Saint-Eugène. Il a toujours été le
dernier de sa classe.

Il est à noter qu'un rapport de la police
municipale de Mont-Laurier le décrit comme
violent. Un soir, il s'est présenté ivre pour
réclamer sa paye à la salle de quilles où les
Paradis l'avaient fait embaucher. Devant le refus
du gérant de le payer, Larivière s'est soudain mis
en colère. Il a tout saccagé en lançant des
bouteilles de bière pleines dans les vitrines, les
miroirs et les allées de quilles, mettant ainsi en
danger la vie des joueurs.

Larivière a été arrêté sur-le-champ et emprisonné. Son casier judiciaire est toujours ouvert,
car l'accusé est retourné dans la réserve avant de
passer en cour. Il pourrait être arrêté à la moindre incartade et condamné sans autre formalité.

Selon la GRC, Larivière est un Indien à
problèmes. Le sergent MacDonald, qui a charge
des Amérindiens dans la réserve, le considère
comme un fomenteur de troubles qu'il faut avoir

à l'œil, car il risque d'attiser les tensions entre les Blancs et les Indiens. Sa présence dans la réserve est indésirable. Il est, selon MacDonald, «le digne fils de son père»!

Ma fiche me bouleverse. Je suis assommé, étourdi. Jamais je ne me suis considéré comme un être violent. Jamais! Tout ce que je veux, c'est vivre en paix. En paix avec moi-même et avec les autres. Je ne prêche pas la révolte, mais le respect les uns des autres. À Mont-Laurier, j'ai explosé, car on ne voulait tout simplement pas me payer pour mon travail… Mais ce qui me laisse le plus songeur, c'est la dernière phrase: «le digne fils de son père». Qu'est-ce que cela veut dire?… Qu'avons-nous en commun, mon père et moi?

Je tourne les feuilles une à une. Je lis tout. Ce sont pour la plupart des lettres à en-tête:

— le pensionnat qui se plaint de ne pas avoir été payé parce que je suis métis;

— Mona Paradis qui réclame une augmentation pour ma pension. Elle dit que je suis un «mange-profit»;

— des bulletins de notes soulignées en rouge;

— un rapport de la police de Mont-Laurier;

– une lettre manuscrite d'une agente du ministère des Affaires indiennes à Ottawa, adressée au pensionnat. Elle dit faire une enquête sur les institutions d'enseignement et demande des nouvelles de ma santé et de mes résultats scolaires.

Cette lecture avive en moi des blessures que je croyais guéries. À travers mon dossier, je parcours ma vie à rebours. Je remonte le temps. Je vois défiler un long cortège de visages fermés et sombres ; des confrères de classe malheureux, Mona et Méo au souper se disputant l'argent de ma pension. La face étroite et blême de mon seul ami, le grand Millette, avec son air de fanal un soir de tempête de neige.

Je serre les dents quand je pense aux sévices que j'ai vus et subis au pensionnat... tout un monde vide, sans âme et sans amour, sans respect. Tout cela m'attriste, mais ce qui m'importe, c'est d'en être sorti plus fort et plus aimant. Je sais qu'il y a toujours au fond de chaque être une petite flamme qui brille, un brin d'espoir, et pour chacun une main tendue pour l'aider. La vie est devant moi, pas derrière.

L'autre liasse de papiers, c'est le dossier de mon père. Je l'ai gardé pour la fin. J'ai peur de ce que je vais y trouver.

○

Il n'y a pas de fiche comme la mienne dans le dossier de mon père, mais un rapport du ministre des Affaires indiennes.

Dossier confidentiel classé

Shipu, Algonquin originaire du grand lac Victoria, situé dans le parc La Vérendrye, serait né dans cette région isolée et sauvage aux environs de 1920. Nous ne possédons pas de documents relatifs à sa naissance. Nous savons peu de chose de son enfance si ce n'est qu'il a vécu en forêt dans sa famille (peut-être d'adoption), comme c'était la coutume à l'époque où tous les Algonquins étaient nomades.

Vers l'âge de 17 ans, nous le retrouvons dans la région rurale de Kazabazua, non loin d'Ottawa. Il est alors accueilli par la famille de la femme d'un agent de la Compagnie de la Baie d'Hudson. C'est dans ce village qu'il fait quelques études et apprend à parler anglais et français. C'est aussi à Kazabazua qu'il s'amourache d'une jeune

Blanche avec laquelle il aura un enfant (voir dossier Pierre Larivière).

Il est peu courant que des Indiens du lac Victoria vivent à l'extérieur de leur milieu, mais Shipu nous apparaît comme un homme aventureux et intrépide. Nous savons qu'il a abondamment voyagé en différents milieux urbains. Il s'est rendu plusieurs fois à Caughnawaga, une réserve mohawk de la banlieue de Montréal, à Maniwaki, une réserve algonquine dans la vallée de la Gatineau, au Village Huron, près de Québec, et surtout à Ottawa, la capitale nationale du pays. Il y a été, comme nous le verrons, très actif. Au Village Huron, au début des années 40, il s'est lié d'amitié avec l'activiste bien connu Jules Sioui, qui l'a énormément influencé. Sioui n'a eu qu'à jeter un peu d'huile sur le feu pour que Shipu s'enflamme; il avait déjà la réputation d'être vindicatif. Les deux hommes ont fait équipe, partageant les mêmes opinions revendicatrices et la même hargne contre le pouvoir établi. Shipu n'a jamais hésité à prendre la parole, à parler haut et fort et à accuser le gouvernement, les religieux — surtout les Oblats de Marie-Immaculée — et les compagnies forestières d'être la cause première de la pauvreté, de la misère et de tous les maux des Indiens du Canada.

Shipu, Sioui et d'autres Indiens du même acabit ont abondamment parlé d'autonomie, et de récupération de territoires soi-disant «violés» et «volés» par les Blancs depuis leur arrivée en Amérique. Leur vocabulaire est des plus révélateurs de leur état d'esprit et de leurs intentions belliqueuses. Nous soupçonnons Shipu d'avoir créé une cellule de dangereux agitateurs professionnels dans la réserve de Maniwaki. C'était un membre actif et influent d'un important réseau d'Indiens canadiens et américains qui travaillaient obstinément à la création d'un «Gouvernement indien de l'Amérique du Nord» suscitant beaucoup de sympathie de la part des Indiens des deux côtés de la frontière.

Shipu a été l'auteur de nombreuses lettres de protestation qu'il a adressées régulièrement au premier ministre, sollicitant une rencontre de haut niveau avec les chefs indiens, ce qui lui a toujours été refusé (voir copies ci-jointes). Il disait à qui voulait l'entendre qu'il pouvait écrire selon son gré aux journalistes, ou même au pape ou à la reine d'Angleterre pour se plaindre des mauvais traitements des gouvernements et des religieux à l'égard des Indiens. Dans ses écrits, il dénonce les coupes à blanc des compagnies forestières qui «détruisent la forêt et font fuir les animaux», les clubs privés de chasse et pêche installés «en exclusivité sur les territoires ancestraux», la construction de barrages qui noient de vastes territoires, l'instruction obligatoire des jeunes Indiens «entassés de force dans des pensionnats éloignés de la forêt et des familles».

Le missionnaire Beauchêne a été le premier à porter une plainte officielle contre Shipu (voir copie ci-jointe). Il l'a accusé de violence verbale et physique, vulgarité et menaces de mort à son égard. Prétendant que le missionnaire abusait sexuellement des jeunes garçons de la réserve, Shipu lui aurait sauté à la gorge comme un animal sauvage et l'aurait menacé de l'envoyer directement en enfer pour l'éternité. Le missionnaire a demandé son emprisonnement.

Shipu est un homme imposant par sa stature et sa présence. Malgré son jeune âge, il a une grande influence sur son entourage. C'est un homme charismatique. On dit qu'il est de la lignée des sorciers et pratique en secret des rituels diaboliques, au cours desquels il chante et joue du tambour. Il sait convaincre les plus sceptiques des siens. C'est toujours lui qui est élu par les Anciens pour représenter les Algonquins auprès des agents du ministère des Affaires indiennes.

Shipu a plus d'une fois pris la Gendarmerie royale du Canada à partie, l'accusant d'être à la solde du gouvernement pour accomplir de sales besognes, intimider et malmener les Indiens. La

GRC, de concert avec la police américaine, a toujours eu Shipu à l'œil, le considérant comme un Indien récalcitrant, perturbateur, dangereux pour la paix sociale des deux pays et le développement harmonieux des entreprises forestières.

Shipu est décédé accidentellement le 29 juin 1950, lorsque son canot a chaviré dans les eaux tumultueuses de la rivière des Rapides (voir le procès-verbal de la Gendarmerie royale du Canada dans ce dossier).

C'est ainsi que se termine le résumé du dossier de Shipu. Je tourne les feuilles une à une. Je suis totalement pris par ma lecture. Je relis plusieurs fois une courte lettre de Jules Sioui, adressée au ministre des Affaires indiennes.

À l'honorable ministre des Affaires indiennes
Hôtel du gouvernement
Ottawa – Canada

Loretteville, 29 décembre 1950

Monsieur le ministre,

Nous apprenons tous avec stupeur la mort de Shipu, un Indien algonquin du grand lac Victoria, dans le parc La Vérendrye. Cette mort nous paraît suspecte et nous vous demandons, au nom de tous les Indiens, de commander dans les plus brefs délais une enquête qui en préciserait clairement la cause.

De notre part, nous avons toutes les raisons de douter qu'un canotier aussi expérimenté, qui a vécu toute sa vie en forêt, reconnu comme un homme de rivière (comme le dit si bien son nom indien), puisse se noyer si bêtement.

Shipu était un homme d'une grande intégrité, respecté de tous et considéré comme un sage. Nous regrettons profondément sa mort.

Respectueusement,

> *Jules Sioui*
> *Chef exécutif du C.P.*
> *Village Huron*
> *Loretteville, P.Q.*

Suit la réponse du chef de cabinet du ministre :

Monsieur le ministre prend bonne note de votre lettre et m'a chargé de la transmettre comme il se doit à la Gendarmerie royale du Canada qui verra à lui donner les suites appropriées.

> Hugh Richardson
> Sous-ministre
> Ministère des Affaires indiennes et du Nord

Rapport d'enquête de la Gendarmerie
royale du Canada sur la mort par noyade
de l'Indien algonquin Shipu.

15 juillet 1951

Vers six heures du matin, le 29 juin, l'Indien
Shipu quitte la réserve du lac Cabonga, située
dans le parc La Vérendrye entre Mont-Laurier et
Val-d'Or, comme il le fait régulièrement pour lever
le filet de pêche qu'il tend toujours au même
endroit, c'est-à-dire à la sortie d'une petite baie
située à 500 pieds en amont des chutes de la
rivière des Rapides. À ce moment de l'année, la
rivière nommée ci-dessus est gonflée par la fonte
des neiges et les pluies printanières ; elle est
reconnue pour être dangereuse à la navigation.

Le canot de Shipu a été emporté par la force
du courant et s'est abîmé dans les chutes, cau-
sant la mort du pêcheur imprudent. Les débris
du canot que nous avons analysés démontrent
clairement que l'écorce s'est déchirée au contact
des rochers qui pointent nombreux à la tête des
chutes.

Un témoin oculaire, présent ce matin-là au
départ de Shipu pour la pêche, nous a confirmé
le piètre état de son embarcation et l'intention

du pêcheur de changer le jour même son filet de place, à cause des eaux dangereusement hautes pour la saison.

ATTENDU QUE :

1– La forte crue des eaux due aux abondantes pluies d'automne rend la navigation extrêmement périlleuse sur la rivière des Rapides ;

2– L'état de délabrement du canot dans lequel naviguait Shipu accentue la fragilité de l'écorce de bouleau dont il est constitué ;

3– La pose d'un filet de pêche à cet endroit, soit en amont des chutes et des rapides, est reconnue comme dangereuse ;

4– La déposition sans équivoque d'un témoin corrobore les points 1, 2 et 3 de notre enquête sur les lieux et affirme que Shipu lui-même reconnaissait la témérité de son entreprise et les risques qu'il courait.

Tenant compte de tous ces éléments, nous concluons à la mort accidentelle de Shipu par noyade.

Caporal enquêteur :
John A. MacDonald

Témoin :
Je certifie que ces informations sont justes,
Rita Whiteduck.

Je reste perplexe… John A. MacDonald… John A. MacDonald… Est-ce le même John A. MacDonald qui fait la pluie et le beau temps dans la réserve ? Celui qui me harcèle, me suit pas à pas… celui-là même qui nous a interceptés, Pinamen et moi, le matin de la mort de Tom. Celui qui prétend que je suis «le digne fils de mon père»… John A. MacDonald ! Et Rita Whiteduck… qui est-ce ? D'où vient-elle ? Je n'ai jamais entendu parler de cette femme. Son nom roule dans ma tête… Rita… Rita Whiteduck. Où ai-je entendu ce nom ?

Tout à coup, j'ai une idée, comme un éclair qui éclate sur un rocher de granit. Je reprends le dossier «Pierre Larivière», tourne rapidement les feuilles. Je sais où chercher… La toute petite lettre anodine, adressée au pensionnat de St-Marc, celle qui demande de mes nouvelles. Elle est signée… Rita White-duck ! Une écriture fine, tremblotante, diffi-cile à déchiffrer, mais c'est bien elle. Je n'ai aucun doute. Pourquoi s'est-elle intéressée à moi ? Je ne connais aucune femme de ce nom. Aucune.

Qui est-elle ? Pourquoi son nom est-il associé à celui de l'agent de la Gendarmerie royale ? John A. MacDonald, cet homme qui empoisonne ma vie, a quelque chose à voir avec la mort de mon père. Et cette mort, selon Jules Sioui, n'est peut-être pas accidentelle… Je commence à comprendre maintenant pourquoi la GRC accorde autant d'importance au vol de ces dossiers qu'elle veut à tout prix récupérer. Le sergent MacDonald doit savoir que c'est moi qui les ai volés et qu'en les lisant, je saurai un jour tout mettre ensemble.

Je me sens tout à coup en sursis. Que puis-je faire seul contre l'omniprésente Gendarmerie et le puissant ministère des Affaires indiennes ?

Le jour tombe. J'ai perdu toute notion du temps, plongé dans ma lecture et mes interrogations. Pinamen a discrètement préparé le repas. Elle pose sur la table deux assiettes et un plat de morceaux de perdrix fumantes. Je salive. Les odeurs me ramènent à la réalité.

Pinamen allume la lampe, s'assoit devant moi, me sourit. J'ai toujours l'impression de la voir pour la première fois, de la découvrir comme on découvre un nouveau paysage sur le bord d'un grand lac. J'aime son doux visage ovale, ses joues dorées et potelées, ses yeux noirs resplendissant d'amour. J'ai peur tout à coup de l'avoir entraînée dans une sale histoire.

12

PROFESSEUR THIBEAULT

Je bourre le poêle pour la nuit. Pinamen souffle la lampe. Nous nous perdons de vue. Nos mains se cherchent dans le noir et nous marchons ensemble jusqu'à notre lit.

Sous les couvertures, la tête posée sur mon épaule, Pinamen écoute, immobile, attentive, le récit de mes lectures. Ma voix est basse, posée, elle murmure comme l'eau d'un ruisseau qui serpente dans un sous-bois de sapins et de fougères. Pinamen reste silencieuse, puis elle dit, intriguée :

— Rita Whiteduck ?

— Oui. Rita Whiteduck !

— Qui c'est ?

— Je ne le sais pas.

— Et Manie ?

— Peut-être le sait-elle… Elle était là quand ils ont rapporté le corps de mon père. Mais si elle sait quelque chose, pourquoi n'en a-t-elle jamais parlé ?

— À Noël, Manie viendra pour le festin avec Sam, Charlotte, les enfants et le vieux Mathieu. Il faudra les interroger.

— C'est ce que je pense faire.

— Il faut absolument retrouver cette femme, Nipishish. C'est elle qui tient la clé de l'énigme. Plus j'y réfléchis, plus j'en suis certaine.

— Je ne sais pas si elle est encore vivante. Si oui, où est-elle? Que fait-elle? Pourquoi ce silence? Le monde est tellement vaste.

— Sa lettre vient d'Ottawa…

— Oui! Oui! j'ai une idée. Je vais écrire à mon ancien professeur à Mont-Laurier, monsieur Thibeault. Je vais lui demander de m'aider dans ma recherche. Il saura quoi faire. C'est un homme instruit, qui a beaucoup voyagé…

— C'est une bonne idée… et la police? le sergent MacDonald? Je n'ai jamais aimé cet homme. Il me fait peur.

— Et moi, j'ai toujours l'impression qu'il rôde autour, qu'il est dans mon dos. Il va tout faire pour récupérer les dossiers. Je dois les garder en lieu sûr. C'est notre seul moyen de comprendre, notre seule arme. Il le sait.

Je frissonne. Je me rappelle que la liasse de feuilles est restée sur la table… et s'il entrait en coup de vent? Je devrais peut-être me lever, les cacher au fond de la boîte à bois. La cabane est secouée, prise dans les serres d'un formidable tourbillon. La tempête qui fait rage sur le territoire me rassure.

Pinamen et moi avons parlé jusqu'au cœur de la nuit. Puis mon esprit s'est mis à voyager. Aux premières lueurs de l'aube, j'avais déjà écrit plusieurs fois dans ma tête la lettre que j'adresse au professeur Thibault. Il me reste à la transcrire sur papier.

Professeur Thibeault
École Saint-Eugène
Mont-Laurier

Monsieur,

J'espère que vous allez bien et que les élèves ne vous donnent pas trop de mal. Je garde un bon souvenir de mon passage dans votre classe et je vous remercie pour tout ce que vous avez fait pour moi. Je lis et relis le livre que vous m'avez offert sur Louis Riel. Grâce à vous, j'ai connu un de mes ancêtres qui a joué un rôle exceptionnel dans l'histoire du Canada.

Je vous écris pour vous demander de me rendre un grand service. Je suis à la recherche d'une femme, son nom est Rita Whiteduck, elle devrait avoir environ 45 ans. Tout ce que je peux vous dire, c'est qu'elle a habité la région d'Ottawa dans les années 50. Est-il possible pour vous de la retracer?

Je sais que ce que je vous demande n'est pas facile. Je vis sur une ligne de trappe avec ma compagne, Pinamen. D'ici, je ne peux rien faire et cette Rita Whiteduck, si je la retrouve, peut apporter beaucoup dans ma vie.

Je vous remercie à l'avance pour tout ce que vous pourrez faire pour moi.

Vous pouvez m'écrire en adressant votre courrier à :

Sam Brascoupé
Réserve indienne
Lac Rapide, parc La Vérendrye
Via Val-d'Or

Je sais que Sam viendra dans les prochains jours. Il se chargera de vous envoyer cette lettre.

Nipishish

13

LA TEMPÊTE

La journée a été longue et éprouvante. La tournée des pièges, difficile. Il y a des jours où il vaudrait mieux rester à la maison. Je m'empresse de réappâter un piège qu'une martre astucieuse a su déjouer.

La coureuse trépigne. Elle me regarde d'un air suppliant. Elle voudrait reprendre la route sans tarder. Les chiens sont nerveux. Assis sur leur derrière, le museau en l'air, la gueule ouverte, ils claironnent leur impatience.

Le vent est sournois depuis ce matin. Des cristaux de neige me piquent la figure et se collent à la fourrure de renard de mon capuchon. Le ciel gris s'alourdit et les têtes agitées des arbres s'estompent dans la grisaille. Je suis soudainement happé par un tourbillon de neige qui me saute à la figure, me coupe le souffle. Je suffoque.

J'ai trop tardé. Une lourde tempête s'installe sur la région. Je dois rentrer à toute vitesse, sinon je serai prisonnier de la tempête avec mon attelage. Il me faudra creuser un abri dans la neige, m'y enfouir avec les chiens, attendre que la tourmente passe, et pour combien de temps? Une journée, c'est certain, peut-être même deux… ou trois. Ça ne me dit rien de bon. Je ne veux pas laisser Pinamen seule, même si je sais qu'elle est en sécurité. Je sens au fond de moi-même le besoin impérieux de rentrer. La tempête arrive du nord-ouest. Je vais dans le sens opposé. Je peux encore la prendre de vitesse, la distancer. Mon attelage est fougueux, mes chiens sont en grande forme et je sais qu'ils n'ont pas plus envie que moi de rester là, dans le froid et la neige.

Je cours vers le traîneau que j'ai attaché solidement à un arbre. Les chiens ont compris. Ils sautent sur leurs quatre pattes et hurlent de joie, le dos arqué, les jarrets tendus, tremblants. La coureuse bondit, tend le trait. Elle n'attend plus que mon signal pour foncer de toute sa puissance dans le collier. Je dénoue le frein prudemment.

— Hush! Hush!

Et j'empoigne les manchons à pleines mains. Le départ est brutal. Nous décollons en trombe dans une cacophonie d'aboiements retentissants et de grognements d'effort.

— Hush! Hush! Allez, mes amis, allez!

L'équipage, fouetté par mes cris secs, avale le sentier. Les deux pieds sur le bout des patins, j'équilibre le traîneau en balançant le poids de mon corps.

Les chiens courent, la longue queue en fanion, le poil hérissé en brosse à plancher, la langue pendante sur le côté.

— Hush! Hush! À la maison!

Ils comprennent bien ce commandement. Ils redoublent d'ardeur. Leurs pattes se raidissent, leurs griffes s'agrippent à la neige rugueuse de la piste. Ils ne hurlent plus. Ils couinent; de petits jappements qui se perdent dans les longs mugissements du vent.

La tempête nous colle maintenant aux fesses. Ce sacré vent est imprévisible. Partout: devant, derrière… il nous harcèle. La poudrerie, comme une coulée vaporeuse d'écume, traîne au-dessus du sentier, nous bloque la vue, nous pique les yeux.

Les grandes branches des sapins et des épinettes battent désespérément l'air. Il nous faut accélérer. Je cours derrière le traîneau, les deux mains toujours soudées aux manchons. Je pousse de toutes mes forces dans les montées et toujours, pour encourager mes bêtes et pour me stimuler moi-même, je hurle:

— Hush! Hush! Allez! Allez! C'est beau!
Courage! Fonce, La coureuse! Lâche pas,
Carcajou! Vas-y, Gros museau, allez, mon
brave! Hush! Hush! La sorcière! Tire! Tire!
C'est bon! C'est bon! Allez, La mouffette,
secoue-toi, ma belle!

Plus je multiplie les encouragements,
plus je me sens solide. Je donne du collier
autant que mes valeureux compagnons. Nous
formons équipe, un attelage de six, et nous
fonçons d'un seul coup de cœur.

La tempête gagne du terrain. La bourrasque quitte nos talons. Nous l'avons maintenant de face et elle est cinglante.

La piste, dans les éclaircies, s'encombre
de lames de neige compacte. De grands bouts
de route disparaissent dans la blancheur. Les
chiens ont maintenant de la neige jusqu'au
ventre et le traîneau laboure le chemin comme
une charrue de cultivateur dans un champ
de terre noire. Nous avons ralenti, nous
peinons. J'ai chaud. La sueur coule dans mon
dos.

Le blizzard nous ensorcelle. Nous sommes pris dans ses puissantes serres. Il me
vient alors une idée folle. Je sais que dans
quelques minutes nous arriverons en bordure
du lac aux Quenouilles, là où ma ligne de
trappe bifurque carrément vers la gauche

pour suivre le littoral. Je joue le tout pour le tout. J'attends... puis arrivé au bout de la piste, je lance à pleins poumons :

— Hâ! Hâ! La coureuse! Allez! Allez! Hâ! Hâ!

Et j'appuie de tout mon poids sur le traîneau en courant derrière. La coureuse a tout compris. Elle accélère sa course, bondit comme un chevreuil poursuivi par les coyotes, plonge tête baissée hors piste en direction de la surface gelée du lac, l'équipage tout entier à sa suite. Les chiens calent en criant leur rage. J'épaule avec l'énergie du désespoir. Nous avons vingt pieds à franchir dans la neige molle, envahissante. Nous avançons pouce par pouce. Il ne faut surtout pas s'arrêter, s'immobiliser, car nous ne pourrions plus nous remettre en marche. Ce serait une pagaille indescriptible dans l'attelage. Il me faudrait libérer les chiens un à un. Seuls, ils se perdraient, mourraient de froid. Cette fois, j'enfonce jusqu'à la ceinture. Je n'arrête pas de crier, de soulever le traîneau.

— Hush! Hush! En avant! C'est bon! C'est bon! Allez, La coureuse, Carcajou, La mouffette, Gros museau, La sorcière... allez, bon Dieu! Allez!

Dans la tourmente, je crie les noms à tue-tête. Je crie à en avoir mal, la gorge à vif.

Les chiens savent que la liberté est sur la glace. Ils sautent en avant comme des lièvres, gémissent, donnent des coups si puissants qu'ils secouent le traîneau. L'effort est extrême. Je m'arc-boute comme un levier, soulève la charge. Je hurle dans le vent et les halètements. Tout à coup, La coureuse lance une plainte gutturale qui crève la tempête; elle a enfin les quatre pattes solidement ancrées dans la neige croûtée de la bordure du lac. Le traîneau se redresse. Les autres chiens la rejoignent en glapissant de joie. Nous avons gagné une première manche.

J'arrête la course effrénée. Le vent est violent, le froid cassant, la visibilité nulle. Je m'accroche au traîneau pour ne pas me perdre. J'avance à tâtons en suivant le trait central. Je m'arrête à chaque bête. Je la déneige, lui passe ma grosse mitaine sous le ventre, je la serre contre moi et lui parle à l'oreille. J'ai un bon mot pour chacune. À La coureuse, je dis :

— Vas-y, ma belle. Je compte sur toi. Ramène-nous à la maison. Pinamen nous attend.

Et je la caresse durement de ma mitaine, en la tenant dans mes bras, le temps de reprendre notre souffle. C'est ma chienne de tête, je lui fais confiance. Elle seule peut d'instinct nous ramener à bon port. Je suis comme un aveugle. Nous sommes à découvert, aux grands vents, empêtrés par d'incessants tourbillons aveuglants. La maison est droit devant, à deux ou trois milles.

Je noue solidement la corde de secours autour de ma taille.

— Hush! Hush!

Le traîneau glisse bien sur la neige durcie, balayée et tassée par le vent. Je me repose debout sur les lisses. L'attelage trotte, c'est bon signe. Je sais que mes chiens se sont épuisés dans la neige et que le froid impitoyable les a meurtris. Leurs pattes risquent de se blesser sur les arêtes de glace. Je les laisse filer à leur rythme. Nous progressons en silence, sans nous voir, comme au cœur d'une nuit sans lune. Je devine La coureuse au bout du trait, les yeux plissés, les oreilles dans le cou, le museau collé à la glace.

Je trottine un moment, une main au manchon pour alléger la charge et ne pas geler tout rond. Le blizzard me force à baisser la tête pour me protéger les yeux. La neige s'infiltre dans les pagodes de mes mitaines et la tige de mes *mukluks*. Je sens la morsure vive du froid aux poignets et aux chevilles. Mais je n'ai pas le temps de m'arrêter, pas le temps de penser. Il faut coûte que coûte avancer, suivre le traîneau, avoir confiance. Courir… courir… courir sans cesse, sans m'arrêter… courir pour ne pas geler… ne pas tomber.

Le vent insidieux s'acharne dans une petite ouverture au coin de mon capuchon. Il me brûle le cou au fer rouge. Il grimpe le long de ma joue qui se gonfle, durcit comme du roc. Il s'attaque à mon œil qui pleure, à mon oreille qui s'enflamme.

Courir… courir… courir sans cesse, une main au traîneau, sans m'arrêter.

De temps en temps, je couvre mon visage de ma large mitaine. J'essaie de pousser mon haleine chaude dans le halo bordé de fourrure de mon anorak, pour dégeler mes sourcils et les pommettes de mes joues, mais ça ne dure pas.

Je perds toute notion du temps. Je ne sais plus où nous sommes. Je cours, accroché au traîneau. Je ne pense plus à rien. Le vide s'installe dans ma tête. Mes pieds sont lourds, engourdis.

Je cours, je cours dans la tourmente. Mon cœur bat à grands coups de tambour dans mes tympans.

Le manchon du traîneau est ma bouée de sauvetage. Si je l'échappe, si je tombe, c'est la mort certaine. Les chiens me traîneraient jusqu'à ma mort.

Je ne sens plus les commissures de mes lèvres, ni mes poignets, ni mes chevilles. Je suis au bout de mes forces. Je sais que je ne dois pas m'arrêter, ni monter sur les patins. Je gèlerais debout en quelques minutes.

Tout à coup, le traîneau s'embourbe, s'arrête net. Que se passe-t-il? La coureuse s'est égarée? Elle ne sait plus où aller? Je sors de ma torpeur. À tâtons, je suis le traîneau jusqu'au trait… Il est lâche. Carcajou lance un formidable hurlement qui donne le ton aux autres. Mon cœur bondit, me donne un regain d'énergie, ils ne hurlent pas de déses-poir, mais de joie. Nous y sommes! Nous sommes à la maison, sur la terre ferme, mais je ne vois toujours rien. Que le vent qui se lamente, siffle et nous harcèle.

Pinamen, follement inquiète, tendait l'oreille dans la bourrasque, le nez collé à la vitre givrée, les yeux perdus dans la nuit opaque. Elle a entendu les aboiements au pied du perron et se précipite à notre secours. J'ai les doigts trop gourds pour dételer les chiens; Pinamen s'en charge. Je les prends dans mes bras, les caresse du mieux que je peux, puis je les laisse se réfugier dans leurs niches. Ils courent se rouler en boule, enfouis dans leurs longs poils. La coureuse est la dernière à être libérée. Je suis fier d'elle. Je plonge la tête dans le poil de son cou.

— Merci, ma belle. Allez! va te reposer. Je te reverrai demain.

Pinamen me prend sous le bras et me soutient pour grimper difficilement les quatre marches du perron. Nous nous engouffrons dans la maison et fermons la porte de toutes nos forces sur la tempête qui fait rage.

Dans la maison, c'est le silence total. Il fait chaud et les deux lampes jettent une douce lumière jaune sur la nappe.

Assis près du poêle qui ronronne, je m'étire, je ferme les yeux, je me laisse dégeler. Je respire profondément. Si je m'écoutais, je pleurerais de joie et de douleur. De longs frissons me secouent tout entier. Je ne pense qu'au plaisir d'être sauf, avec Pinamen à mes côtés. Mes muscles se détendent et un sang clair irrigue à nouveau mes veines. Les orteils, les doigts, le nez, les oreilles, les pores de ma peau me brûlent comme si je m'étais roulé dans une fourmilière. Je me masse vigoureusement. Mes cuisses sont dures et glacées. Envahi graduellement par un profond bien-être qui envoûte mon corps et mon esprit, je me remets de mes émotions.

Pinamen, les yeux clairs, la figure sereine et radieuse, me regarde manger. Je me sens bien, au paradis. Je trempe un gros croûton de bannique dans la sauce onctueuse du ragoût de lièvre. Je le laisse s'imbiber, puis je mords une bouchée juteuse qui baigne ma langue, éclate dans ma bouche, parfume les parois de mes joues. Je m'enivre de cette texture veloutée, des arômes de forêt. Je savoure la chaleur du liquide et de la mie qui glisse dans ma gorge, descend dans mon estomac.

C'est bon et réconfortant à en pleurer de plaisir.

— Nipi, j'étais tellement inquiète.

Ce sont les premières paroles de Pinamen. Je trempe à nouveau. La mie blanche brunit, s'alourdit. Je jouis de tout ce temps que j'ai pour lui répondre. Nos silences sont remplis d'amour.

— J'ai eu peur… peur de mourir gelé sur le lac, peur de ne plus te revoir, peur de te laisser seule.

Pinamen enveloppe ma main dans les siennes. Elles sont chaudes, affectueuses.

Dans notre cabane, nous sommes isolés, seuls, à l'abri et hors du temps. Dehors, c'est l'enfer blanc. Le gros poêle en fonte est bourré de bois qui crépite sur un épais lit de braises. Il ronronne comme une chatte en chaleur. Il combat énergiquement le froid. Ce soir, c'est notre meilleur allié.

L'eau fume dans une grande bassine posée sur les ronds du poêle. Pinamen étend tout près une serviette sur le plancher en guise de tapis. Elle se déshabille lentement, lève les bras, dénoue ses longues nattes. Ses cheveux libérés tombent en cascades sur ses épaules nues. Elle se prosterne, les trempe, les imbibe, les tord, recommence, puis les assèche et les monte en chignon. Ses gestes sont soigneux, solennels comme s'il s'agissait d'un rituel. Son corps souple et cuivré se découpe finement dans la pénombre.

Je la trouve belle. Je me sens plein de désir et d'admiration pour mon amoureuse.

— Viens!

Elle me tend la main. Je la rejoins sur la serviette. Le poêle dégage une bonne chaleur qui m'enveloppe. Nous nous épongeons amoureusement d'eau tiède jusqu'à ce que toutes les parties de nos corps soient baignées. L'eau vivifie tous les pores de ma peau.

Pinamen pose ses deux mains sur mes épaules. Son regard et son sourire sont mystérieux.

— Mon grand trappeur d'amour, j'ai un secret à partager avec toi.

Sa voix est grave.

— Un secret?

— Oui. Un très grand secret. Ce soir je peux te le confier, car je suis certaine de ne pas me tromper.

Elle se tourne légèrement de côté, prend ma main et la pose à plat sur son ventre. Il est petit, rond, dur et doux. J'ai la gorge serrée.

— C'est un secret tout neuf que je garde précieusement dans mon ventre pour toi.

J'ai le souffle coupé. Je sens des frémissements sur tout mon corps et je suis envahi par une intense bouffée de chaleur.

— Un bébé?

— Oui. Notre bébé.

Muets, émus, nous nous enlaçons. J'étreins Pinamen fortement contre moi. J'enroule mes longs bras autour de ses épaules. J'ai toujours, dans mon cœur, désiré avoir des enfants. Trois, quatre, cinq… plusieurs. Je veux être père, partager cette joie avec Pinamen, un jour… dans le futur. C'est un rêve, un beau rêve… mais là, je tiens la réalité dans mes bras. Je suis transporté de joie. Je vais être père!

Je plonge mon visage dans ses cheveux. Nous restons debout près du poêle qui chante et nous irradie. Je me sens bien. Je suis orgueilleux de cette femme qui a choisi de vivre avec moi et qui m'aime… mais je suis inquiet.

— Nous avons tout le temps qu'il nous faut pour nous préparer, je suis enceinte de deux mois.

— Allons nous reposer.

J'enfourne de grosses bûches vertes pour la nuit. Pinamen éteint la lampe d'un souffle sec. Quelques rayons de feu filtrent par la porte disjointe du foyer. Ils courent et frissonnent sur le plancher de bois, guidant nos pas pressés jusqu'au lit. Nous nous ensevelissons sous une montagne de couvertures de laine. Nous y creusons notre nid. Nous nous murmurons doucement à l'oreille, comme nous avons pris l'habitude de le faire depuis que nous vivons en forêt. Nous croyons que la nuit, tout doit être feutré et discret. Nos chuchotements parlent de notre enfant et de nos amours.

— Pinamen, merci pour tout le bonheur que tu apportes dans ma vie. J'ai tellement besoin de ton amour et de tes caresses.

— Chut!

Elle pose un doigt sur mes lèvres.

— Ne me remercie pas. C'est toi, Nipi, qui fais mon bonheur. Je t'aime.

— Moi aussi, je t'aime. J'aime ta présence, la douceur de ta peau, l'odeur de ton corps.

Et Pinamen murmure, espiègle :

— Sais-tu, mon grand trappeur d'amour, j'aime bien les tempêtes !

— Moi aussi et j'espère que celle-ci durera plusieurs jours !

14

LE RÉVEILLON

Sam Brascoupé et le vieux Mathieu craquent chacun une allumette en la frottant sur le tuyau rouge du poêle. Elles s'enflamment instantanément dans un nuage de soufre. Ils allument du même coup leurs grosses pipes courtes chargées à bloc de tabac noir. Ils en tirent bruyamment de longues bouffées bleues qu'ils poussent dans les airs, les yeux humides.

Nous sommes assis sur des bûches que j'ai disposées entre le poêle et la boîte à bois. Sam et Mathieu suivent religieusement les péripéties de mon récit de chasse. Ils prennent un air grave, les yeux ronds, le cou tendu. Ils m'écoutent:

— Une belle journée pointe à l'horizon: du soleil, peu de vent, un froid sec. J'attendais ce moment pour aller à l'orignal.

Nous attelons sans tarder et nous partons vers la montagne en suivant le sentier jusque dans la vallée. J'attache les chiens à deux milles du ravage, dans une dépression de terrain, pour mieux camoufler leur odeur. Pinamen reste près d'eux pour qu'ils n'aboient pas inutilement. L'orignal a la vue faible mais un odorat exceptionnel, et des oreilles d'une grande sensibilité.

Je fais le reste du trajet en raquettes, la carabine de Tom en bandoulière. J'avance lentement en compactant bien la neige à chaque pas. Si je tue, Pinamen devra venir me rejoindre avec le traîneau. Elle saura me retrouver en suivant ma piste. Je marche une bonne heure avant d'arriver dans les bois francs. Je n'y étais pas allé de l'hiver pour ne pas déranger les orignaux qui y vivent en petits groupes. Je suis impressionné par leurs ravages. Ils se sont battu de larges sentiers dans la neige. Il y a des pistes de loups autour et des crottes un peu partout. Quand les loups les attaquent, les orignaux fuient à toute allure dans leurs sentiers. Dans la haute neige, ils s'embourbent, s'épuisent, deviennent des proies faciles.

Pinamen, Manie, Charlotte et les deux jeunes placent les couverts sur la grande table. Notre maison n'a jamais été aussi animée. Nous préparons le réveillon de Noël.

J'ai allumé le fanal que j'ai suspendu à la poutre centrale. Une lumière crue inonde la pièce. Sur le poêle, dans un chaudron, un gros rôti d'orignal mijote. Son odeur sauvage nous chatouille les narines, nous creuse l'estomac. Nous en avons l'eau à la bouche.

Nous sommes tous réunis pour les fêtes, au cœur de la forêt. Il fait bon dans la maison alors qu'il gèle dehors et nous avons à manger. C'est tout ce dont nous avons besoin pour être heureux. Je me rappelle que Tom me disait : « En forêt, tu aurais un million de dollars dans tes poches que tu ne saurais pas quoi en faire. »

Cet après-midi, dès que Manie a vu Pinamen, elle s'est écriée :

— Toi, ma fille, tu nous prépares une surprise !

— Oui, Manie, pour le début de l'été !

— Bravo ! je suis contente pour vous deux. Je vais m'occuper de toi.

Charlotte a pris sa nièce dans ses bras.

— Nous allons fêter cela !

Depuis, les trois femmes ne se sont pas quittées d'une semelle. Je suis Pinamen du coin de l'œil. Elle n'est plus tout à fait la même depuis qu'elle porte notre enfant. Ses gestes sont ceux d'une femme mûre, sûre d'elle-même. Son visage s'est épanoui et une nouvelle flamme brille dans ses yeux. Moi aussi, j'ai changé. J'ai maintenant une responsabilité que je n'avais pas avant. Je me dis qu'avoir un enfant est le plus grand geste de confiance dans la vie qu'un homme et une femme peuvent faire.

Mes vieux chasseurs attendent. Je reprends mon récit :

— Au ravage, j'ai un petit vent de nez. Tout est pour le mieux. J'avance lentement, à pas de loup. Je n'entre pas. Je me camoufle sur une butte, entre des merisiers et des sapins. De ma cachette, je vois large, sans être ni vu ni flairé. L'orignal est un animal intelligent, toujours sur ses gardes. S'il me sent ou m'entend, il disparaîtra sur-le-champ.

Je m'installe, accroupi, adossé à un gros sapin. J'arme, je scrute à travers les branches. J'attends, j'écoute. Les bruits sont parfois trompeurs. Je ne bouge pas.

Un écureuil court tout près. C'est bon signe, la forêt a oublié que j'étais là.

Puis j'entrevois une, deux taches grises entre les branches. Deux orignaux grugent l'écorce des arbres. Je les vois entre les troncs. Ils sont encore trop loin pour que je tire.

J'attends qu'ils viennent à moi. Ils reprennent leur marche, s'arrêtent souvent pour manger, lèvent le museau, hument l'air.

J'épaule doucement. C'est le premier orignal de ma vie. Il est énorme, impressionnant. Il lève la tête pour manger à une branche, s'étire le cou, droit dans ma ligne de mire. Nos regards se croisent presque. Je tire. Bang!

C'est un mâle, atteint au cœur. Il se cabre puis s'écrase d'un bloc dans un bruit d'avalanche. L'autre a déjà disparu. J'entends pleurer le vent. Je remets mes raquettes et je marche jusqu'à la bête, étendue de tout son long dans la neige. Morte.

Une mare de sang sombre se coagule dans la neige froide. Accroupi près de l'orignal, je pose ma main nue sur son épaule. Son corps est chaud, son poil long et rêche est humide. La puissante énergie de la bête m'envoûte. Son esprit toujours présent m'envahit. Je le sens m'envelopper, pénétrer mon corps et mon âme. Le lieu est sacré. Je remercie l'orignal pour sa générosité. Je lui dis que je regrette de l'avoir tué, mais que sa mort me réjouit.

Pinamen, entendant le coup de feu, vient me rejoindre avec l'attelage. Nous faisons un feu près de l'orignal. Nous sommes vraiment contents. Nous le laissons mourir, le temps que s'envole son esprit. Nous le remercions à nouveau de sa générosité. Et l'après-midi se passe à écorcher, vider, découper et charger la viande sur le traîneau. Plusieurs centaines de livres, à partager avec vous!

Pinamen soulève le lourd couvercle du chaudron. Elle arrose le rôti de son jus. Il s'en dégage un nuage de vapeur odorante. Mush frétille, aboie. Nous sommes muets. Nous en avons des crampes au ventre. Ma langue humide passe sur mes lèvres sèches. Sam vide les cendres de sa pipe en tapant le foyer sur la bavette du poêle. Le signal est donné.

Le moment est solennel. Le vieux Mathieu se prépare à réciter les grâces. Je lui tends mon tambour que j'avais déposé sur mon lit. Il les dit à la mémoire de Tom. Pinamen et moi sommes profondément émus. C'est à Tom que nous devons d'être tous ici, réunis.

Mathieu est très vieux, peut-être même centenaire. Avec le temps, il est devenu rabougri, petit, tordu comme une épinette sur la pointe d'une île balayée par le vent.

Il a écouté attentivement mon récit, la pipe éteinte coincée entre ses lèvres. Il en a oublié de fumer. Ses yeux mi-clos me souriaient. Il buvait mes paroles comme si elles avivaient dans sa mémoire de beaux instants de sa vie de chasseur.

Les Algonquins l'ont surnommé Nishk, car il a toujours eu la voix rauque et traînante de l'outarde. Il pose le tambour sur son genou, le tient d'une main, le bâton dans l'autre.

— *Miguetsh*. C'est ici que je suis heureux.

Ses yeux s'arrondissent et ses pupilles éclatent comme des cristaux de neige au soleil du matin.

Le chant de Mathieu est simple, mais impressionnant. De sa voix qui racle sa gorge, il imite l'appel du mâle: «Ouuff! Ouuff! Ouf!» Puis, du même souffle, la réponse langoureuse, lancinante, de la femelle: «Mmouuu! Mmouuuuu!» les mêlant tour à tour aux sourdes vibrations du tambour.

— *Kitchi miguetsh*[1], chante-t-il doucement pour remercier le Grand Créateur de toutes choses pour sa générosité.

Ce soir, nous les Anishnabés, nous sommes orignaux, car nous mangeons sa chair. Elle nous donne la vie, l'énergie, et son sang se mêle intimement au nôtre. Soyons reconnaissants à la forêt, à la montagne, aux lacs,

1. Merci beaucoup.

à la terre, aux astres et à tous les animaux de l'univers qui partagent ces richesses avec nous. Ce soir, nous sommes tous unis. Vivons dans le respect des uns et des autres. *Miguetsh*!

Nous passons joyeusement à table.

Les enfants dorment déjà. Mush s'est assoupi dans son coin. Nous allons bientôt nous coucher nous aussi quand Charlotte demande à brûle-pourpoint, en prenant les mains de sa nièce dans les siennes :

— Alors, les amoureux, ça se passe bien pour vous dans le bois ?

— Heu! Oui! oui! Tout se passe bien.

Sam se fige, l'index dans le foyer de sa pipe. Charlotte, qui a bien décelé l'incertitude, revient à la charge, curieuse :

— Qu'est-ce qui ne va pas ?

Pinamen me regarde, les yeux effarouchés.

— Nous sommes un peu inquiets. Nous nous sentons parfois épiés de loin… ou bien les chiens se mettent tout à coup à hurler comme si quelqu'un rôdait autour, et puis nous avons eu la visite de la Police montée.

— La Police montée ?

Sam est assis sur le coin de sa bûche.

— Oui. Le sergent MacDonald.

— Qu'est-ce qu'il est venu faire ici, celui-là, sur mon territoire?

— Nipishish était absent. Il a posé beaucoup de questions à son sujet…

— Ce que je faisais ici… Si j'avais un permis de trappe… Si j'avais l'intention de retourner vivre dans la réserve.

— Il insistait pour entrer dans la maison, mais j'ai carrément refusé. Je lui ai fermé la porte au nez.

— Tu as bien fait! Ici, c'est mon territoire, ce n'est pas la réserve du gouvernement. Je n'ai pas de permission à demander pour vivre chez moi, en forêt, et vous autres non plus, mes enfants. Non!

Je me lève. Je suis adossé à la boîte à bois. Je la vide de ses grosses bûches. Je sors les dossiers que je dépose au milieu de la table.

Tous les yeux s'écarquillent. Les visages sont sérieux. Tous se demandent ce que je suis en train de faire.

— C'est moi qui ai dévalisé le Conseil de bande, cet automne. Tenez, regardez. J'ai volé mon dossier, celui de Shipu, mon père! J'avais demandé à les consulter. Le gérant a refusé net. Alors, une nuit, je suis entré au Conseil sans me faire voir et je les ai pris.

Le silence est de pierre dans la cabane. Les femmes à la table, muettes et pâles comme des religieuses, ont posé leurs mains devant elles. Les hommes ont cessé de tirer sur leur pipe. Mathieu plisse les yeux comme pour mieux comprendre ce qui se passe. Il a l'air d'une fouine, un sourire malicieux au coin de la bouche. Je suis debout, le fanal dans le dos. Mon corps projette une ombre étroite sur la nappe.

— Ces dossiers racontent ma vie, celle de mon père. Ils m'appartiennent.

— Nipishish veut connaître son histoire, savoir qui il est, d'où il vient… Ces dossiers sont à lui. Il a récupéré son bien! ajoute Pinamen.

— La Police montée possède des dossiers sur tous les Indiens, sans exception. Ils savent tout, nous suivent à la trace, notent tout ce que nous faisons. Ils nous observent de loin, nous traquent comme des animaux.

La surprise est totale. J'arrête un instant pour reprendre mon souffle. Je suis ému par ce que je viens de dire et je n'ai pas fini:

— Je voulais en savoir davantage sur la mort de mon père. J'ai tout lu, tout fouillé, surtout le rapport d'enquête sur sa noyade… C'est un dossier troublant.

Je respire profondément, pesant bien mes mots.

— J'ai la conviction que Shipu a été assassiné et que la Police montée y est pour quelque chose. Mais pour tout comprendre, j'ai besoin de votre aide.

Manie est blême.

— Tout ce que tu voudras, Nipishish.

Les autres opinent. Mathieu frotte une allumette, tire de longues bouffées pour raviver le tison de sa pipe. Ses joues se gonflent. Il lance :

— Tu as bien fait, Nipishish ! Tu as bien fait ! Tu es un homme, mon garçon, un homme fort. Il est temps que quelqu'un se tienne sur ses deux pieds !

— Quand Shipu est parti, le matin de l'accident, était-il seul dans son canot ?

Ma question surprend. S'ensuit un intense moment de réflexion. Manie, le front barré, réagit la première :

— C'est la première fois que je me pose la question… Ton père était un solitaire. Il aimait bien faire ses affaires seul. À l'occasion, il t'emmenait avec lui. Il t'assoyait au milieu du canot. Mais ce matin-là, tu es resté à la maison, heureusement !

— Il était peut-être accompagné d'une autre personne ?

— Peut-être… Si oui… Je ne vois pas qui. La Police montée n'a rapporté que son corps. Ils l'ont laissé enroulé dans une toile devant la maison, en nous disant qu'il s'était noyé. Nous n'avons jamais pensé poser de questions sur l'accident… non.

— Et le canot?

— Ah! c'était un sacré beau canot, s'exclame Mathieu. C'est Joseph et moi qui l'avons fait pour lui… Un canot sur mesure. Il le maniait comme un maître. On aurait dit un huard à le voir aller. Ça a été mon dernier canot d'écorce.

— Joseph, mon défunt mari, a descendu la rivière sur plusieurs milles après l'accident. Il a trouvé quelques débris… un bout d'écorce trouée, une varangue en charpie. Il était étonné de ne rien trouver d'autre, comme si le canot s'était envolé mystérieusement.

Je me mouille les doigts. Je feuillette rapidement le dossier de Shipu. J'arrête au rapport d'enquête. Je l'approche de la lumière.

— MacDonald écrit ici, noir sur blanc, qu'il y avait un témoin. C'est une femme qui s'appelle Rita Whiteduck! Elle affirme que Shipu pêchait dans «un vieux canot délabré en écorce de bouleau».

— C'est faux! C'est une menteuse! MacDonald aussi est un menteur.

Mathieu est furieux.

— Et Rita Whiteduck?

Ma question tombe dans le silence. L'incompréhension se lit sur les visages. Personne ne connaît de Rita Whiteduck.

— Tu sais, Nipishish, ton père recevait à l'occasion des gens que nous ne connaissions pas. Des Indiens d'Ottawa, de Caughnawaga, du Village Huron... même des États-Unis. Ces personnes ne venaient jamais pour bien longtemps. C'étaient des amis qu'il s'était faits quand il vivait à Kazabazua... Rita Whiteduck... Je ne sais pas qui c'est...

— Nipishish a écrit une lettre à son professeur, monsieur Thibeault, à Mont-Laurier, pour qu'il fasse des recherches pour nous. Nous avons confiance en lui.

— Mont-Laurier!

Sam Brascoupé se frappe le front de son poing.

— Nipishish! J'ai oublié. Tu sais, Louisa, la jeune fille qui travaille au Conseil de bande, elle m'a remis une enveloppe pour toi. Elle est venue la porter à la maison en cachette. Elle m'a dit que ça venait de Mont-Laurier.

Il s'empresse de fouiller dans la poche de son anorak accroché à un clou, près de la porte.

— Tiens.

— Merci, Sam.

Je reconnais l'écriture. Le professeur Thibeault. Je décachette en vitesse, déplie deux longues feuilles couvertes d'écriture. Tous les yeux sont tournés vers moi, les oreilles sont ouvertes. Le vieux Mathieu est un peu sourd. Il allonge le cou, tourne la tête. Je recule un peu pour profiter pleinement du faisceau lumineux qui passe au-dessus de mon épaule. J'ai la gorge sèche. Je prends une voix de curé à l'église :

Cher Nipishish,

J'étais très heureux de recevoir de tes nouvelles. Je ne connais pas ta bien-aimée Pinamen, mais je suis certain qu'elle te fait une bonne compagne. Tu lui transmettras toutes mes amitiés. Tu me dis que vous vivez sur une ligne de trappe. Bravo! je suis bien content pour toi. Cette vie te permettra certainement de retrouver tes racines, de te ressourcer.

Tu te souviens que j'enseigne la poésie. Quand tu étais là, je savais qu'il y avait au moins un élève devant moi qui m'écoutait attentivement. Il y a quelques semaines, j'ai lu en classe ce court poème de Pamphile Lemay :

« *Où es-tu ma vie ?*
Ce n'était pas chez nous…
    Rien ne me consolait
De ne plus voir mes bois,
    ni mes oiseaux en fête.
D'autres bois fleurissaient,
    je détournais la tête;
Puis, je fermais l'oreille
    au chant qui s'envolait[1]. »

Je me suis arrêté, j'ai demandé à la classe : « Qu'est-ce que ce poème exprime ? » J'ai long-temps attendu une réponse. Puis, Millette, ton ancien ami qui est dans ce groupe depuis deux ans, s'est écrié en donnant un coup de poing sur son pupitre : « Je le sais ! ouais ! c'est comme l'Indien Larivière. C'est lui ça, tout craché ! » Et ceux qui, comme lui, t'ont connu m'ont fait lire le poème trois fois.

J'ai pensé que tu aimerais connaître cette anecdote.

En ce qui concerne Rita Whiteduck, ce que j'ai à te dire est mince. Je te fais grâce du récit de toutes mes démarches pour retrouver une personne de ce nom à Ottawa. Elle n'est pas inscrite dans l'annuaire téléphonique de la ville. Le ministère des Affaires indiennes refuse de

1. Pamphile Lemay, cité dans *Crinière au vent*, coll. Plus, Éditions Hurtubise HMH, 1995.

donner toute information sur les Indiens. La police n'est pas plus bavarde. Alors je me suis rappelé qu'un de mes anciens étudiants était médecin en chef à l'Hôpital général d'Ottawa. J'ai frappé à sa porte. Tout ce qu'il a pu me dire, c'est qu'il y avait aux archives un dossier classé au nom de « R » Whiteduck, domiciliée au 16, rue Stewart, à Ottawa. Il a vérifié tous les « W » dans le bottin. Ce n'est pas un travail compliqué, car les noms commençant par cette lettre sont peu nombreux. Il n'a pas trouvé de Rita Whiteduck, mais ses yeux sont tombés sur une R. White qui, à son étonnement, habite le 16 Stewart. Son numéro de téléphone est privé. Est-ce la personne que tu recherches ? Veux-tu que je tente de pousser plus loin l'enquête ? Voilà, mon cher Nipishish. J'espère de tout cœur que ces informations te seront utiles. Je te félicite. Tu as une belle écriture. Tu devrais écrire davantage !

Si tu passes par Mont-Laurier, n'hésite pas à venir me voir. Peut-être irai-je un jour te rendre visite en forêt. Tu sais que je suis moi aussi un amoureux de la nature.

Je vous souhaite un joyeux Noël à toi, à ta chère Pinamen et à toute ta famille.

Sois assuré de ma collaboration et de mon estime. J'espère que nos sentiers se croiseront à nouveau.

Professeur Thibeault

Je reste debout. Je répète à voix haute, songeur :

— R. White… R. White, 16, rue Stewart, à Ottawa.

Le fanal s'essouffle. Le réservoir est à sec. La lumière faiblit, puis nous tombons dans l'obscurité. Charlotte a juste le temps d'allumer une chandelle. La flamme vacille puis s'allonge. Nous devenons des silhouettes.

— Qu'est-ce que tu en penses, Nipishish ?

— Je me demande si R. White et Rita Whiteduck sont une seule et même personne… et si Rita Whiteduck a changé de nom, est-ce qu'elle a quelque chose à cacher ?

Sam attise le poêle avec le grand tisonnier. Il fait le plein de bois. La journée a été longue, plus longue que prévue. Les pipes sont froides, il est temps de se coucher. La tête lourde, nous regagnons nos lits.

Charlotte souffle la chandelle. La nuit est opaque. Pinamen et moi sommes allongés, les yeux grands ouverts.

— Nipishish…

La voix de Manie est feutrée comme le vol d'un hibou, la nuit.

— Oui…

— Je ne peux m'empêcher de penser à cette Rita Whiteduck. Il faut la retrouver. Elle existe certainement.

Charlotte, qui n'a pas beaucoup parlé au cours de la soirée, se mêle à la conversation. Elle murmure :

— Plus j'y pense, Nipishish, plus je suis certaine que cette femme mystérieuse connaît la vérité. Si elle a été témoin de l'accident, elle en sait certainement plus que nous…

— Moi, je vous assure que c'était un canot neuf et je ne parle pas à travers mon chapeau.

Mathieu parle dans l'ombre. Sa voix chuinte. On croirait entendre passer une volée d'outardes très haut dans le ciel.

— J'irai à Ottawa, au 16, rue Stewart ! Je veux en avoir le cœur net.

Pinamen se serre contre moi.

— Nous retournons demain à la réserve. Si tu veux, j'irai vendre tes peaux de martres. Tu en as bien pour 500 dollars.

— Merci, Sam. C'est une bonne idée. J'aurai besoin d'argent. Je veux partir le plus tôt possible. J'ai peur que MacDonald passe à l'attaque.

Mon voyage à Ottawa s'organise au cours de la nuit. Pinamen ne restera seule que le jour de mon départ. Même Mathieu reviendra. Il dit qu'il s'occupera de lever les lignes à pêche et de nourrir les chiens.

15

SEULE

Une nuée de cristaux flotte dans l'air translucide. Dès que Nipishish pose les pieds sur le perron, les cinq chiens se précipitent joyeusement vers lui. Ils se catapultent en avant comme s'ils étaient en liberté, au risque de se casser le cou.

Les pas de leur maître crissent sur la neige sèche. La joie spontanée de l'attelage se transforme en une longue plainte de déception. Nipishish ne les attelle pas. Il passe tout droit, raquettes et sac de voyage au dos, et poursuit sa route vers le lac. Il part à la recherche de Rita Whiteduck. Nous avons tellement parlé de cette femme qu'il est impossible pour nous qu'elle n'existe pas. Je le suis des yeux par la fenêtre, fleurie de fougères givrées. Il marche à grands pas, emmitouflé dans ses épais vêtements d'hiver. Une fois sur la glace, il s'arrête, se retourne, me salue de sa large mitaine. Il ne me voit pas, mais sait fort bien que je suis là, à la fenêtre. Je lui souris. Je sens tout l'amour que j'ai pour cet homme me prendre tout entière, me bouleverser. Je le trouve tellement beau et noble, le trappeur de mon cœur.

Nous n'avons pas beaucoup dormi, cette nuit. Je suis restée de longues heures, la tête appuyée sur son épaule. J'ai écouté les longues pulsions de son sang. Son cœur battait lentement, sourdement, comme les coups réguliers de l'aviron qui s'enfonce profondément dans l'eau.

Depuis quelques semaines, je me surprends à penser souvent à l'avenir. Cet hiver, tout va bien. Nous avons une maison. La nature nous nourrit bien. Nous ne sommes que deux, amoureux, et nous vivons heureux sur les traces de nos ancêtres. Nous chaussons leurs mocassins, foulons la neige avec leurs raquettes. Quand j'entends battre le cœur de mon homme, je me dis que ce sont aussi les cœurs des Anciens qui palpitent en nous et qu'un jour, les nôtres battront à leur tour dans le corps de nos enfants.

Nipi vient tout juste de me quitter que déjà il me manque. Je sens un grand vide dans la cabane, dans la forêt. Les chiens se sont tus. Ils ont l'air tristes, abandonnés. Ils sont tous assis sur leur niche à flairer le vent. Ce voyage à Ottawa m'inquiète. Ce n'est pas la première fois que Nipishish va en ville. Il a habité Mont-Laurier, connaît Maniwaki, ça me rassure. Mais Ottawa, c'est loin, c'est grand, c'est mystérieux. La Police montée, le ministère des Affaires indiennes, le gouvernement, tout cela n'a rien apporté de bon dans nos vies et ils viennent d'Ottawa.

Et Shipu aussi est parti un jour pour Ottawa… Rita Whiteduck va-t-elle chambarder nos vies?

Je souhaite ardemment que Nipishish élucide la mort de son père pour qu'il retrouve enfin la paix.

Nipi n'est plus qu'un minuscule brin d'herbe qui s'estompe dans la plate immensité blanche. La poudrerie qui traîne à sa suite efface au fur et à mesure les marques laissées par ses pieds dans la neige. Je le suis pas à pas dans ma tête: au débarcadère du bout du lac, il chausse ses raquettes, jette un dernier coup d'œil vers la cabane et, à regret, s'enfonce résolument dans la forêt. Il a une heure de marche avant d'atteindre la grande route où passe l'autobus qui le mènera à Ottawa… et là, je ne sais plus. Je le perds. Tout devient flou.

Mush partage ma solitude. Il vient me frôler les jambes, me pousser du museau.

— Tu as raison, Mush, secouons-nous!

Il me regarde en frétillant de la queue.

— Nous avons du travail à faire. Allons lever nos collets avant que les renards et les coyotes nous volent notre butin. Demain, nous aurons du lièvre à offrir à la famille quand elle arrivera.

Mush aime m'accompagner en forêt. Il connaît tous mes pièges par cœur et y accourt avant moi. Quand j'ai une prise, il aboie jusqu'à ce que j'arrive.

J'aime mon sentier sinueux bordé de grands arbres. Les larges bras des sapins verts ploient, lourdement chargés de neige. Les épinettes effilées sont figées comme des statues de plâtre dans une église. Mon toboggan léger glisse facilement dans la neige qui poudre ma route bien battue. Nous serpentons entre les mystérieux mamelons de neige. Je ne suis pas pressée. Je savoure l'air frais du matin qui gonfle mes poumons.

Mush aboie à tue-tête. Ses cris clairs font écho dans le calme ouaté du sous-bois. Une piste fraîche de renard longe notre route. Il visite mes collets avant moi. Il est rusé. J'aurais dû partir plus tôt, le devancer. Mush a flairé sa présence. Il s'excite, court devant à toute vitesse, revient vers moi à l'épouvante comme s'il voulait que je me presse. C'est un bon compagnon. J'ai l'impression à tout instant qu'il va me sauter dans les bras, mais au dernier moment, il fait un tête-à-queue et repart de plus belle.

Je vais de collet en collet. Je les ai tendus un peu en retrait du sentier, mais à portée de vue. Dans le troisième, j'ai pris un gros lièvre tout blanc. Je m'agenouille à côté, sur des rameaux de sapin que j'ai posés par terre en guise de tapis. J'enlève mes mitaines. Je libère le fil de laiton. Je refais le cercle bien rond du collet. Je reprends ma course. Mon toboggan s'alourdit tout au long de ma ligne de trappe. Manie sera contente.

Je suis en train de tendre un collet neuf sur une piste fraîche quand, tout à coup, je frémis. Je viens d'entendre un bruit insolite. Une branche qui casse…? Un loup? Mush? Les chiens se sont-ils détachés? Je retiens mon souffle, je bascule mon capuchon d'anorak, je tends l'oreille comme un orignal sur le qui-vive. Plus rien, que le vent, toujours présent dans la cime des arbres. Mon inquiétude s'apaise. Il y a de mauvais sorciers dans la forêt: les troncs de deux arbres se frottent, grincent, un paquet de neige sur une branche tombe lourdement au sol… mais là, j'ai cru entendre des éclats de voix humaines.

Mush arrive en trombe, affolé. Il s'écrase dans mes jambes, piétine mes mitaines qui se remplissent de neige.

— Allez, Mush! calme-toi! C'est assez pour aujourd'hui. Rentrons à la maison.

Sur la route du retour, non loin de notre cabane, je me fige, consternée, à nouveau oppressée. Des pistes de raquettes croisent le sentier… Ils sont deux… deux hommes, car les traces sont profondes… Ce ne sont pas des raquettes indiennes, car les trous dans les treillis sont larges. Ce sont des traces de Blancs. Mes oreilles ne m'ont pas trompée. Ce sont eux que j'ai entendus parler. Ils ne savent pas qu'en forêt, l'hiver, la voix porte loin… Qui sont-ils? Que font-ils ici? Que veulent-ils? Des arpenteurs? La Police montée? Les pistes viennent du lac, s'arrêtent à mon sentier, tournent en rond puis rebroussent chemin. Savent-ils que je suis seule? Que Nipishish est parti à Ottawa? Sont-ils venus vérifier s'il est toujours ici? Je suis inquiète. Je sens la forêt hostile. Elle se replie sur moi. Le vent se lève. J'ai froid dans le dos. Je presse le pas. Je suis contente d'être accueillie par le tintamarre des chiens qui me saluent à leur façon. Si jamais quelqu'un approche, la nuit comme le jour, je le saurai sur-le-champ. Mais je ne prends pas de risque. Pour la première fois de l'hiver, je barre la porte derrière moi en tirant le gros verrou de bois. J'attise les braises qui dorment sous les cendres. Je redonne vie au poêle. Je me sens mieux. La carabine est accrochée au mur. La boîte de balles sur le coffre. Je saurai m'en servir s'il le faut. Tout à coup, je me rends compte que je suis la gardienne des documents. Ils sont là, au fond de la boîte à bois.

Demain, toute la famille sera là. Je leur raconterai ce que j'ai vu. Ce soir, je n'allumerai pas la lampe, je préfère rester dans la pénombre. Puis, j'irai me coucher, seule… Je suis inquiète. Je n'arrive plus à voir Nipishish. Lui ont-ils tendu un piège ? Reviendra-t-il ?

16

L'AUTOBUS

Un autobus, l'hiver, ça se voit de loin. Il est gros et il a l'air pressé comme s'il était en retard. Lui aussi, il m'a vu. Je suis seul le long de la route. Il ne peut pas me manquer. Je le hèle de la main droite pour bien lui signaler que je veux monter à bord. Il ralentit à distance, s'arrête à ma hauteur. Par prudence, je grimpe sur le banc de neige qui borde la route. De son siège, le chauffeur ouvre la porte. Il a l'air contrarié. Ça ne me surprend pas. Les chauffeurs d'autobus ont toujours l'air contrarié de s'arrêter, comme si cela leur demandait un grand effort. Bourru, il me crie de sa hauteur :

— Où tu vas ?

— À Ottawa !

— As-tu de quoi payer ?

J'ai prévu la question. Je lui montre le billet de vingt dollars que je gardais roulé dans mon poing, au fond de ma mitaine.

— OK ! c'est six piastres jusqu'au Grand-Remous, tu payes d'avance.

Je monte, mon sac en bandoulière. Je paye.

— Va t'asseoir au fond, il y a de la place.

— Vous allez à Ottawa?

— Non! non! je viens de te le dire. J'arrête à Grand-Remous. Là, toi, tu débarques, puis tu prends un autre autobus qui, «elle», va à Ottawa. Moi, je continue jusqu'à Montréal.

— OK! merci.

Le chauffeur s'accroche à deux mains au gros volant rond qui lui frotte la bedaine. Il m'a oublié.

Je suis ses ordres. Je traverse l'autobus qui a repris sa course en me tenant en équilibre d'un banc à l'autre. J'ai l'impression d'être debout dans un gros canot en marche. Il n'y a que quelques passagers. Ils ont l'air fatigués, les traits tirés.

Mon siège est confortable. Il fait chaud. Je suis assis sur le moteur qui siffle et claque comme s'il était toujours à bout de souffle. J'essaie de réfléchir, de penser à quelque chose… à Rita Whiteduck… R. White… 16, rue Stewart… Mais je n'y arrive pas. Les paysages blancs défilent à grande vitesse. Le front appuyé sur la vitre froide, mon sac sur mes genoux, je flotte dans un mauvais sommeil.

— Grand-Remous! Tout le monde descend!

Je connais Grand-Remous. Je n'en garde pas un très bon souvenir. C'est un village sans âme, situé à la croisée des chemins qui vont à Val-d'Or, Montréal ou Ottawa. Personne n'habite vraiment ici. Sans le carrefour, il n'y aurait rien. J'y suis passé un jour, en route pour Mont-Laurier, puis à nouveau au retour, quand Sam est venu me chercher avec sa camionnette. Manie et Pinamen étaient là aussi. Sam a ralenti. Nous avons pris le temps de bien regarder les restaurants illuminés, les stations d'essence, les motels délabrés. Une forte odeur de bois trempé nous a pris à la gorge à l'entrée, à cause de l'énorme scierie qui hurle jour et nuit. Elle est entourée de montagnes de billots ébranchés, tordus comme des corps morts, écorchés vifs. Il y a partout des tas de bran de scie. Il y en a tellement qu'ils ne savent plus quoi en faire. Ils le laissent pourrir sur place.

L'autobus se gare devant un hôtel. Nous descendons à la queue leu leu. Je suis le dernier. J'observe comment se passent les choses. Je ne veux pas me tromper.

Lorsque je passe la porte de l'hôtel, une odeur âcre de vieille bière et de tapis moisi me lève le cœur. Une grosse femme courte,

rougeaude, nous attend derrière le comptoir.
Elle est entourée de paquets de cigarettes, de
gommes à mâcher, de sacs de chips, de
bonbons, de crottes de fromage, de piles de
journaux et de revues. Ses cheveux fins sont
bouclés de façon serrée. Je vois la peau de
son crâne tout blanc. Ses joues, son cou, le
haut de sa poitrine sont tachetés de rouille,
comme le fond d'un vieux seau de tôle.

J'arrive à la tête de la queue.

— Maniwaki !

— *One way* ?

— Oui, aller seulement.

De son bras court, elle tire vigoureusement la manette de son énorme caisse en
fonte. Le tiroir sort subitement d'en dessous,
dans un tintamarre de grelots. Il rebondit sur
ses gros seins moulés dans son chandail de
laine jaune. Elle encaisse, se gonfle la poitrine
et, d'un vigoureux coup d'estomac, relance
le tiroir qui claque dans le fond du ventre de
la caisse.

— *Next* !

— Ottawa !

Ah ! je tends l'oreille. Moi aussi, je vais à
Ottawa.

— *One way* ?

— Oui. Aller seulement. J'habite Ottawa.
J'arrive de chez ma sœur, à Val-d'Or. Je ne

l'avais pas vue depuis cinq ans! La route est longue en pas pour rire! J'ai mal aux os.

La caissière n'entend rien. Bing! Bang! les grelots sonnent, la caisse claque, les seins rebondissent.

— *Next*!

Mon tour arrive. Elle me sourit. Je sais ce que cela veut dire, j'ai bien appris ma leçon.

— Ottawa!

— *One way*?

— Non, aller-retour.

— Trente piastres!

Bing! Bang! j'ai mon billet. Je vais m'asseoir avec les autres dans d'imposants fauteuils noirs, en cuir usé. Ils en ont vu passer du monde et ils ont connu des jours meilleurs. Un long escalier longe le mur jusqu'à l'étage du haut. La tapisserie fleurie est sale et en lambeaux. Ça pue toujours la bière surie, comme si une «bête puante[1]» avait passé la nuit dans la salle d'attente.

Une porte claque et des petits pas martèlent le plancher au-dessus de ma tête, comme des écureuils qui courent sur le toit d'une cabane. Un enfant compte à voix haute en articulant chaque chiffre, qu'il allonge au maximum comme un crieur au bingo :

1. Mouffette.

— Unnnnn… deuuuux… trrrrois…

Deux pieds chaussés de bottes de cuir, les talons ornés d'éperons étincelants, se posent en douceur sur la première marche. Un garçon descend sur la pointe des pieds, silencieux comme un *pichou*[1], en rasant le mur. Il est coiffé d'un chapeau à large rebord, trop grand pour lui, qui ressemble à celui de la Police montée. Il porte sur les hanches, suspendus à une large ceinture parée de balles, deux revolvers chromés à crosse d'ivoire. Un cow-boy!

Il se dissimule derrière le dossier d'un fauteuil, aux aguets, les yeux rivés sur l'escalier, prêt à faire feu.

— Huuuiiit… nnnneuff… diiixxxx! Paré pas paré, j'y vais!

Il y a dans l'air un intense moment de flottement, un silence menaçant. Je me demande ce qui se prépare. Le plancher craque. Ah? Deux petits pieds nus hésitent en haut de l'escalier… se posent sur la deuxième marche, la troisième… s'immobilisent.

La tension est forte, le cow-boy nerveux. Avec le bout du canon de son revolver, il relève son chapeau qui lui tombe sur les yeux. Il se cambre, prêt à passer à l'action.

1. Mot algonquin pour lynx.

L'enfant en haut des marches s'accroupit, pose une main en visière, scrute attentivement la salle. Il a deux traits de peinture noire sous ses yeux. Il porte un bandeau de tête rouge orné d'une plume rose. Il est armé d'un arc sans flèche. C'est un Indien!

Rassuré de ne rien voir à l'horizon, il reprend sa lente descente, épie les environs, la main toujours au front. L'enfant à plume est une proie facile.

— Bang! Bang! Bang! Bang!

Je sursaute. Le cow-boy vient de surgir de sa cachette.

— Bang! Bang! Bang!

Les coups pleuvent. Le chapeau roule. L'Indien, qui s'y attendait pourtant, est le premier surpris. Il lance son arc sur le sol, se prend le cœur à deux mains, comme s'il était troué de balles. Il grimace, lance un cri de mort strident qui me fait frémir, déboule la dernière marche et s'effondre sur le plancher, les quatre pattes en l'air.

Fier de son coup, le cow-boy souffle dans les canons de ses revolvers, les glisse dans leur étui, remet son chapeau.

Et là, à mon grand étonnement, sans crier gare, l'Indien que l'on croyait mort, rusé comme un carcajou, saute sur ses pattes et, un genou par terre:

— Stouf! Stouf! Stouf!

Il bande son arc coup sur coup et lance trois flèches imaginaires qui atteignent leur cible. Le cow-boy, bouche bée, blême comme un drap, ne bronche pas d'un poil. Il se ressaisit puis, rouge de honte et de colère, crie à l'Indien:

— T'es mort! Je t'ai tué le premier. Trois balles dans le cœur. T'es mort! OK!

— C'est pas vrai! Je suis pas mort. J'ai fait semblant! Tu tires tout croche. Je suis rien que blessé. C'est toi qui es mort. T'es mort! T'es mort!

— Tu triches. T'es un tricheur!

— C'est pas vrai! Tu tires tout croche!

Le cow-boy, déçu, en a les larmes aux yeux. Il lance son chapeau dans le coin, saute à pieds joints sur son jeune frère, fou de rage. Les deux garçons roulent sur le tapis. C'est la pagaille dans le hall.

L'Indien mord à belles dents le bras du cow-boy. La mère en furie sort de derrière son comptoir.

— OK! OK! ça suffit. Arrêtez-moi ça tout de suite. Je vous ai dit de rester en haut, mes petits maudits!

Elle les remet sur pied par la peau du cou et administre à chacun une taloche derrière la tête. La plume vole. Elle les pousse vers l'escalier. Ils grimpent les marches quatre par quatre en pleurant.

— Tenez-vous tranquilles, sinon je vais le dire à votre père quand il rentrera ce soir. Vous êtes pas sortis du bois, mes petits sacripants !

17

MICHEL LÉTOURNEAU

— Est-ce que je peux m'asseoir?

— Heu!… oui… oui… bien sûr.

Je n'ai pas le choix. Je me pousse au fond. Je prends mon sac sur mes genoux.

— Voulez-vous que je range votre bagage en haut?

— Non! Non! merci. Je suis bien comme ça.

C'est le type qui va à Ottawa. Il revient de chez sa sœur, à Val-d'Or. C'est un homme aux gestes nerveux. Malgré son jeune âge, il est chauve sur le dessus de la tête. Son visage est étroit, son nez long avec de grosses narines et il porte une épaisse moustache cendrée sur des lèvres ourlées.

Un nouveau voyage commence. Je suis heureux de reprendre la route. J'ai hâte d'arriver à Ottawa, de me rendre au 16 de la rue Stewart, de frapper à la porte. Je suis anxieux. Je ne sais pas ce qu'il y aura derrière cette porte. Tout ce qui retarde le voyage me contrarie.

J'entends les larges pneus de l'autobus rouler dans la neige mouillée.

J'aimerais bien parler à mon voisin, mais je ne sais pas par où commencer. J'attends. C'est déjà l'heure du souper. Les lumières sont allumées dans les cuisines des maisons qui bordent la route. J'entrevois des têtes… J'imagine les familles à table.

Mon voisin tousse, se tourne vers moi, casse la glace.

— Salut, je m'appelle Michel Létourneau.

Il me tend la main.

— Salut!

Sa poignée est chaleureuse, osseuse et ferme.

— Tu es Indien?

— Oui…!

— Quand je t'ai vu monter dans l'autobus au beau milieu du parc La Vérendrye, je me suis dit: «Ça, c'est certainement un Indien.» Je ne me suis pas trompé. Puis, dans la salle d'attente, j'ai tout de suite remarqué tes mocassins d'hiver. Là, il n'y avait plus de doute dans mon esprit.

Il renifle, pince les narines.

— Ouais. C'est ça. Tu es imprégné de l'odeur des grands bois… La fumée d'un feu de camp, le sapinage. Je sais ce que c'est, j'ai été scout quand j'étais jeune.

— …

— Mais c'est rare, un Indien. C'est la première fois que j'en vois un vrai, en chair et en os, qui sort directement du bois. Nous, les Blancs, on connaît juste Bill Wabo[1].

— Bill Wabo…

Je garde un ton neutre, mais je ressens une douleur atroce comme si on me passait une lame de couteau entre les côtes. Je me rassois sur mon siège.

— Ben voyons… L'Indien, à la télévision, dans *Les Belles Histoires des Pays d'En-Haut*… Bill Wabo le sauvage, l'ami d'Alexis Labranche!

Je n'entends plus les piaillements de Létourneau. Mes oreilles bourdonnent. Méo Paradis s'écrasait dans son *Lazy Boy* en camisole et en short, ses deux jambes squelettiques et poilues allongées sur son pouf vert pomme, une Molson à la main. Mona avait sa place sur le sofa. Elle posait son Pepsi et son sac de chips sur la table à café chromée. Ils regardaient religieusement la télévision. Moi, j'aimais la musique des films, surtout au début et à la fin. Elle me faisait rêver. Le reste me laissait indifférent. Le lendemain, à

1. Bill Wabo était l'Indien dans la populaire émission télévisée *Les Belles Histoires des Pays d'En-Haut*, de C.H. Grignon, dans les années 50 et 60.

la récréation, on me criait: «Wabo! Wabo! Sauvage! Pouilleux!» Quand on jouait au ballon captif, tous se liguaient pour me tuer: «Tue Wabo! Tue le pouilleux!» Et ils se lançaient le ballon férocement d'un côté à l'autre, jusqu'à ce que quelqu'un arrive à me frapper. J'étais pris au piège comme un maringouin dans une toile d'araignée.

Heureusement que le grand Millette était là. Il avait des bras longs comme des branches de pin et sa tête nous dépassait tous de deux pieds. Quand le ballon nous tombait entre les mains, nous défendions chèrement notre peau. Mais nous étions minoritaires: un pauvre et un Indien contre une volée de goélands fous et criards! Nous finissions par manger toute une raclée: «Wabo! Wabo! Pouilleux! Pouilleux!»

Je me sens mal comme si je n'avais plus de sang dans les veines... et Létourneau qui me dit que Wabo est le seul Indien que les Blancs connaissent. Moi, je me suis toujours dit que c'était une blague, une cruauté de cour d'école, entre enfants.

L'autobus ralentit, amorce un virage à angle droit. Dans le faisceau lumineux des phares, j'ai le temps de lire sur un panneau: Maniwaki, 45 milles.

— Comment t'appelles-tu?

— Nipishish.

— Ah ? Nipi…

J'articule :

— Ni – pi – shish !

— Ton prénom, c'est Nipi et ton nom de famille Chiche ?

— Si vous voulez…

En réalité, je n'ai qu'un nom en algonquin, mais je ne veux pas l'embêter avec ça.

— Nipi Chiche, c'est un beau nom. Qu'est-ce que ça veut dire dans ta langue ?

— Petite rivière… ou eau courante…

— Ah oui ! Petite rivière… Nipi Chiche. C'est vrai que la langue des Indiens est fleurie, poétique.

Je me dis que Létourneau, ce n'est pas si mal non plus, mais je garde cela pour moi.

— Mais, tu n'as pas l'air indien cent pour cent…

— Je suis métis.

— Métis ?

— Ma mère était Blanche.

— Et ton père Indien ?

— C'est bien cela.

— Moi, je suis étudiant, je termine en droit. Je me prépare à ouvrir un cabinet d'avocat à Hull. C'est juste à côté d'Ottawa. Et toi, qu'est-ce que tu fais dans la vie ?

— … Je suis trappeur.

— Trappeur! Ah! mon rêve d'enfance. Je vous envie, vous autres, les Indiens. Vous faites une sacrée belle vie sans le savoir : la forêt, les grands espaces, la liberté…

Je le laisse parler, puis, lorsqu'il a fini son envolée, je me dis que c'est à mon tour de parler.

— Je peux vous poser une question?

— Oui! Oui! bien sûr, allez!

Il se penche la tête vers moi comme au confessionnal.

— Connaissez-vous la rue Stewart, à Ottawa?

Ma question le surprend.

— … Stewart? Stewart, oui! oui! Je la connais, elle traverse le campus.

— Le campus?

— C'est l'université, l'école pour… pour les adultes. Tu vas rue Stewart?

— Oui.

— Sais-tu comment t'y rendre?

— Non.

— Ce n'est pas compliqué. À la gare d'autobus, tu prends un taxi ou tu montes dans l'autobus numéro 9.

— Et à pied?

— À pied! À pied… c'est loin. Un gros 45 minutes à une heure de marche. Ah oui! c'est certain, une bonne heure.

— …

— C'est vrai, vous, les Indiens, vous marchez tout le temps. Une heure, deux heures, trois heures, ça ne vous dérange pas… En arrivant, je te ferai un plan, tu verras, ce n'est pas compliqué pour cinq *cennes*[1].

Le tableau de bord brille comme un ciel étoilé. Mon compagnon de voyage n'est plus qu'une ombre dans le noir. Je vois ses mains blanches qui gesticulent, ses yeux qui brillent comme des gouttes d'eau quand nous croisons une automobile. Il baisse le ton, espace ses questions.

— Qu'est-ce qui t'amène en ville?

— J'ai une personne à rencontrer.

— Une parente?

— … Non, une amie.

Je me tais. J'en ai peut-être trop dit déjà. Je me rends compte que je ne connais pas cet homme. Déjà, il sait qui je suis, où je vais… Pourquoi m'a-t-il posé toutes ces questions?

— À la gare, je te donnerai aussi ma carte d'affaires. Tu auras mon nom, mon adresse, mon numéro de téléphone. Si jamais tu as besoin de mes services, n'hésite pas à me contacter. Tu es le bienvenu chez moi. C'est petit, mais c'est confortable…

1. Cinq cents ou cinq sous.

— Merci. Je suis déjà organisé.

Je n'ai rien prévu, mais je tiens à être seul, libre, et à me débrouiller moi-même. Je sais ce que je veux faire. Mon plan est tracé. Rita Whiteduck, c'est mon secret. Tout ce que je veux, c'est me rendre au 16 de la rue Stewart.

Mon voisin se tait. Il regarde fixement devant lui, les bras croisés sur son estomac. Je risque une question que je retourne plusieurs fois dans ma tête :

— Un avocat, qu'est-ce que ça fait ?

Il sursaute comme s'il s'était fait piquer sur une fesse par une guêpe.

— Un avocat !

Il s'enflamme, lève le ton, parle comme s'il faisait un discours.

— Mon cher ami, un avocat est une personne formée pour défendre les droits des citoyens quels qu'ils soient. Par exemple, si une personne pense qu'elle a été privée de son bien, lésée, traitée ou accusée injustement, elle fait appel aux services d'un avocat pour défendre sa cause devant les tribunaux. Je suis devenu avocat, car je pense que nous sommes tous égaux devant la loi et que nous devons tous pouvoir vivre dans le respect et la dignité. Un avocat voit à ce que justice soit faite ! Voilà !

Je ne sais trop quoi répondre, alors je lui dis, comme s'il m'avait rendu un grand service :

— Merci beaucoup.

Le ciel jaunit à l'horizon puis s'illumine. Il y a de plus en plus de maisons de chaque côté et la route achalandée est bien éclairée. Les passagers endormis commencent à s'agiter. L'autobus ralentit.

— Maniwaki ! *Ten minutes stop*, dix minutes d'arrêt.

Nous roulons cahin-caha sur la route cahoteuse qui entre en ville. Puis, avec de grandes précautions, le chauffeur emprunte une ruelle et se gare dans le stationnement désert de l'Hôtel Central. Il éteint le moteur, enfile son manteau, sort, suivi de quelques passagers pressés, chargés de bagages.

Le vent froid et humide s'engouffre sournoisement dans l'autobus, rampe sur le plancher, nous saisit aux pieds et aux jambes.

Le chauffeur referme la porte. Seuls les toussotements retenus des voyageurs assis crèvent l'étrange silence qui envahit l'espace. Je suis mal à l'aise. Je dégèle la vitre en y appuyant la paume chaude de ma main. D'un œil, j'arrive à voir dehors. Le néon de l'Hôtel Central clignote. Il ne se passe rien. Les minutes sont longues. Nous avons l'impression que le chauffeur nous a oubliés. Tout à coup, la vie reprend. La porte s'ouvre. De nouveaux passagers imprégnés de froidure montent, s'installent. Le chauffeur entre en courant, se frotte les mains, ferme vite derrière lui, s'assoit, met en marche, lance :

— Brrrrr !

Il fait à nouveau noir. L'assourdissante chaufferette pousse un air chaud, sec, qui nous endort.

— Messine !

— Bouchette !

— Gracefield !

— Kazabazua !

Là, je sursaute. Je suis assis sur le bout de mon siège, bien éveillé, les yeux écarquillés. C'est ici que mon père a vécu quelques années. La grande route est aussi la rue principale, la seule, et elle traverse le village en entier. L'autobus file à toute vitesse. J'ai le temps de voir quelques petites maisons blanches figées dans la neige et de lire sur un néon lumineux qui surmonte un édifice bas, rutilant de lumières multicolores : « The Longest Bar in the World, bière et *binnes*[1] à volonté ».

Je sais que nous approchons d'Ottawa.

---

1. Fèves au lard.

18

LE RÉCIT

Le voyage à Ottawa est derrière moi, terminé, chose du passé. Sur le chemin du retour, dix fois, vingt fois, je me le suis raconté de long en large, dans ses moindres détails. Je sais que ce soir, j'aurai à le répéter à nouveau devant un auditoire qui m'attend avec impatience. Je vois les figures étonnées et les yeux stupéfaits de Pinamen, Manie, Sam, Charlotte, Mathieu, quand je leur ferai part des résultats de mon voyage.

Je ne quitte pas la route des yeux. Je me lève comme un renard qui bondit sur une perdrix. J'entends cogner mon cœur.

— Ici, ici, monsieur, c'est ici que je descends!

Le chauffeur me regarde, incrédule.

— Ici?

— Oui! Oui! Ici, c'est bon.

Je suis déjà en bas des marches, une main sur la porte, prêt à sortir.

— En plein bois!

— Oui. C'est chez moi.

— OK!

L'autobus s'immobilise. La porte s'ouvre. Je saute dans le banc de neige. Je retrouve mes raquettes cachées sous le vieux sapin. Je les chausse. Je suis courbaturé, mes os et mes muscles sont endoloris, mais j'oublie vite tous mes maux ; je suis ravi de rentrer à la maison.

Sam et Mathieu fument en silence au coin du feu. Il fait chaud dans la cabane. Elle sent bon. La pleine lune se lève. J'en suis à ma troisième tasse de thé. Manie et Pinamen sont assises sagement en face de moi. Je sais qu'il me faudra bientôt parler. Ils attendent patiemment, mine de rien. Ils ont hâte d'entendre mon récit. Manie n'en peut plus :

— Alors, ton voyage, Nipishish ?

Je prends tout mon temps. Je savoure une dernière lampée de thé noir.

— J'ai trouvé ce que je cherchais !
— Rita Whiteduck ?
— Oui ! elle existe bel et bien.
— Raconte !

J'enfourne trois grosses bûches, le cœur sur la braise rouge sombre. Pinamen lève la mèche de la lampe à huile posée au milieu de la table. La lumière éclaire nos mains et nos visages. Un rayon de lune vient à la rescousse par la fenêtre. Le bois s'enflamme, le poêle vrombit.

Je m'installe pour raconter mon histoire dans ses moindres péripéties.

— Dans l'autobus, j'ai rencontré un homme sympathique, un certain Michel Létourneau. Tenez, j'ai sa carte.

Pinamen la lit :

— Maître Michel Létourneau, avocat, 13, rue Pilon, Hull, Québec, 777-2497.

— C'est lui qui m'a indiqué comment me rendre rue Stewart. Il m'a tout expliqué de la gare d'Ottawa, rue Albert, au canal Rideau. C'est grand, Ottawa. Toutes les rues se ressemblent. Chercher une maison, c'est pire que de chercher une épinette noire dans une forêt de conifères.

Nous sommes arrivés en ville de nuit. Je ne pouvais pas me présenter au 16, rue Stewart à cette heure-là. Alors, je me suis assis sur un banc de la gare et j'ai attendu l'aube. Je n'ai pas perdu mon temps, il y a beaucoup de choses à voir. En ville, les Blancs sont comme des castors, ils vivent autant la nuit que le jour. Je pense que c'est pour cela qu'ils ont inventé l'électricité. Ils éclairent la nuit. J'ai mangé la bannique et bu le thé que Pinamen m'avait préparés. Ça m'a fait du bien.

Aux premières lueurs du jour, je suis parti à pied. J'ai marché lentement, en suivant mon plan. J'ai appris le nom des rues par cœur. Je me disais : « Je vais arriver au canal… » et je suis arrivé à un pont. J'étais sur la bonne voie.

Je n'étais pas pressé. J'ai marché lentement, en levant la tête à chaque coin de rue et, tout à coup, j'ai lu « Stewart ». Je n'en revenais pas ! La rue existait vraiment. Il y avait un numéro au-dessus de chaque porte. J'ai compté à l'envers en même temps que j'avançais. Vingt… dix-huit… quatorze… je cherchais… ouf ! seize. Une petite porte anonyme, sous un escalier.

Il n'y a pas beaucoup de neige en ville, mais il fait très froid à cause du vent humide. Il transperce les vêtements les plus chauds.

J'étais anxieux. En faisant les cent pas, je me répétais : « Bonjour, je m'excuse de vous déranger si tôt le matin. Êtes-vous Rita Whiteduck ? »

J'ai surveillé un moment la porte, au cas où quelqu'un en sortirait. Le 16 m'apparaissait fermé, muet, inhabité. Des rideaux sombres étaient tirés dans la seule fenêtre qui donnait sur la rue.

Il y avait de plus en plus de jeunes sur les trottoirs qui allaient tous dans le même sens, ils me faisaient penser à un troupeau de caribous. Et puis, je me suis décidé. Je me suis présenté à la porte. J'ai enlevé ma mitaine.

— Toc! Toc! Toc! (il frappe sur la table)

J'ai attendu. J'essayais de regarder discrètement à travers le rideau. Rien, mais j'avais la sensation que quelqu'un avait bougé à l'intérieur. J'ai patienté. J'ai cru voir passer une ombre. Je me préparais à frapper à nouveau, en insistant davantage… quand j'ai entendu clairement marcher. On venait. Quelqu'un a poussé le rideau du doigt. Un œil m'a regardé. Le verrou a été tiré. La lourde porte s'est entrebâillée.

J'étais ému. J'avais les jambes molles. En même temps, je me sentais sûr de moi. Elle a fait :

— Oh!

Elle a blêmi, posé une main sur ses lèvres. Ses yeux inquiets s'arrondissaient.

— Entrez, monsieur, entrez vite! Il fait froid.

Sa voix était grêle. Je n'ai pas eu le temps de bien la voir, ni de lui demander qui elle était.

— Venez, venez à la cuisine.

Elle m'a entraîné derrière elle, dans un corridor. C'est une femme petite, voûtée, presque bossue. Elle était enveloppée dans un châle noir qui lui descendait aux chevilles.

Elle marchait lentement en boitant, une main appuyée au mur pour plus d'équilibre.

Ses yeux m'évitaient. Sa voix coulait comme un mince filet d'eau.

— Donnez-moi votre manteau. Assoyez-vous.

Elle m'a avancé une petite chaise en bois. Elle est infirme... comme si tout un côté de son corps était paralysé.

— *Nipishabo*?

Elle m'a demandé en algonquin si je voulais du thé! Un sourire déformait le bas de son visage. La cicatrice qui la balafre de l'œil à la commissure de la bouche se gonflait, rougissait. Elle s'est assise de l'autre côté de la table couverte d'une nappe à carreaux, m'a regardé intensément de ses yeux brûlants.

— Rita? Vous êtes Rita Whiteduck!

Elle a serré ma main gauche dans les siennes, tremblantes, et elle m'a dit:

— Nipishish! Nipishish! C'est bien toi! Je te reconnaîtrais parmi des milliers de personnes. Je savais qu'un jour tu frapperais à ma porte. Je t'attendais. Je me préparais. Je t'imaginais beau et grand jeune homme. Je comptais les années. Mais ce matin, je suis troublée. Tu as l'allure de ton père. Vos yeux se ressemblent comme des gouttes d'eau.

Quand il venait me voir, il s'assoyait là, sur le bout de la chaise, comme toi en ce moment. Je lui disais qu'il avait l'air d'un oiseau sur la branche, toujours prêt à s'envoler. Il riait!

Des larmes embuaient ses yeux et ruisse-laient sur ses joues plissées.

Je suis bouleversé. Pinamen, Manie, Charlotte, Sam, Mathieu, tous sont suspen-dus à mon récit. J'ai la gorge sèche. La voix enrouée. Je laisse passer la grosse boule d'émotion qui m'oppresse.

19

SHIPU

Voici le récit que me fit Rita Whiteduck.

— Nous étions quatre ou cinq jeunes Indiens, venus à Ottawa pour fuir nos réserves, travailler ou étudier. Nous voulions nous prendre en main, être libres, autonomes. Shipu s'est joint au groupe. Il venait de Kazabazua toutes les fins de semaine. Il habitait chez moi. Tu comprends mon émotion de te voir ce matin. Il me parlait de toi, son fils, Nipishish… C'est pour toi qu'il retournait dans la réserve. Il était déchiré entre sa vie là-bas et son engagement ici.

Il est vite devenu l'âme du groupe, un leader important et respecté. C'était un organisateur fin, doué. Il parlait l'algonquin, le cri, l'attikamek, l'anglais et le français. Il avait toujours le mot juste pour faire vibrer les cœurs les plus têtus. Il prêchait la prise en charge de nos droits, la fin des coupes de bois sur nos territoires et du salissage de nos rivières, le respect des animaux. Il était contre l'éducation forcée des jeunes dans les pensionnats. Il condamnait haut et fort le gouvernement, les compagnies forestières, le clergé, la Police montée…

Nous avons commencé à organiser des réunions de fin de semaine à Maniwaki, à Akwesasné, à Caughnawaga, au Village Huron… un peu partout. Nous avons rencontré un grand homme, Jules Sioui, un Huron de la trempe de Louis Riel, lui aussi un visionnaire. Et nous avons créé le Comité de protection des droits des Indiens. Au fur et à mesure de nos réunions, nous nous sommes rendu compte que partout, au Canada, aux États-Unis, le feu couvait sous la cendre. Les Indiens étaient exaspérés, prêts à prendre le sentier des revendications fortes. C'était le bon moment. Les chefs étaient conscients que leurs peuples vivaient dans la misère et la honte, que le gouvernement violait toutes les ententes historiques et que nous étions en voie d'extinction.

C'était au début des années quarante. Au cœur de la Grande Guerre. Shipu avait déchiré l'ordre qu'il avait reçu de s'enrôler. Il a été réquisitionné à nouveau. Plusieurs jeunes Indiens étaient dans le même cas que lui. Nous avons tous protesté énergiquement, comme l'ont fait les Canadiens français ; cette guerre n'était pas notre guerre. Shipu s'est réfugié dans sa réserve pour être plus en sécurité.

Nous avons alors décidé de porter un grand coup : organiser, ici même à Ottawa, dans la capitale, un immense Congrès des Indiens pour créer un gouvernement des Indiens de l'Amérique du Nord. C'était une idée audacieuse, un rêve impossible, mais nous débordions d'énergie. Nous avions de grands espoirs. Jules écrivit une lettre de convocation à tous les chefs d'Amérique du Nord. Shipu devait prononcer le discours de fermeture.

Nous étions bien naïfs. Personne d'entre nous ne soupçonnait que le gouvernement canadien puisse s'inquiéter de nos agissements et nous suivre à la trace. Mais aux yeux des politiciens, nous étions des Indiens dangereux, des agitateurs, des terroristes sans le savoir. La Gendarmerie royale du Canada, créée pour nous protéger, reçut l'ordre de nous surveiller et de nous infiltrer. Le ministère des Affaires indiennes se mit discrètement à intimider les chefs, à couper les subsides, à nous discréditer et à interdire aux délégués d'assister au Congrès, mais la situation leur échappait. Nous avions le vent dans les voiles.

J'étais la secrétaire du comité. Un jour, j'ai reçu la visite d'un jeune homme grand, mince, aux yeux verts. Il se disait journaliste au *Ottawa Citizen*. Il voulait écrire un article sur notre mouvement, connaître nos objectifs, savoir qui étaient nos principaux supporters... Je lui ai dit que je devais consulter le comité avant de lui donner une réponse. Deux jours plus tard, mon appartement était vandalisé, nos archives, volées. La liste de nos organisateurs et de nos membres avait disparu. La semaine suivante, tous nos administrateurs ont été perquisitionnés dans leur maison et accusés formellement de sédition, de conspiration et de rébellion, preuve à l'appui. Nous sommes traités comme des bandits dans notre propre pays.

J'étais affolée. J'ai eu peur pour Shipu. Il ne savait pas, dans sa réserve, ce qui se passait. Jules avait eu le pressentiment que le gouvernement allait porter un grand coup pour nous réduire à néant. Il craignait pour sa vie.

La nuit même, je me suis fait conduire à la réserve par un sympathisant. Nous sommes arrivés à l'aube. Shipu était en train de mettre son canot à l'eau. Il se préparait à aller lever son filet de pêche. Il était surpris de mon arrivée, mais tellement content de me voir. Je l'aimais en ville, mais là, je le trouvais si beau, si fort. Ses cheveux noirs, noués, tombaient en une longue tresse. Ses yeux étaient perçants comme l'eau profonde. Je me souviens encore de toute l'émotion qui m'a envahie dans la fraîcheur du matin.

Nous avons filé sur l'eau dans son beau grand canot tout neuf. Je voulais que nous nous sauvions, tous les trois : toi, lui et moi. Nous aurions pu nous cacher aux États-Unis ou au cœur de la forêt. Je l'aurais suivi n'importe où, au bout du monde.

Il gouvernait à l'aise dans le fil du courant, faisant corps avec sa rivière. On pouvait voir dans tout son être comme il l'aimait, elle faisait partie de sa vie. La brume vaporeuse se levait lentement, les pins rouges qui poussaient drus dans la falaise escarpée miroitaient dans l'eau.

J'étais assise au fond du canot, dans la pince, les deux bras allongés sur les platsbords. Je sentais couler l'eau froide sous mes cuisses et mes fesses. Je ne l'ai jamais tant aimé qu'en cet instant sublime. Je lui racontais malgré moi, à voix basse pour respecter le caractère sacré des lieux, la visite du journaliste, le vol de la liste, les craintes de Jules… J'aurais tant aimé n'écouter que mon cœur, ne lui parler que d'amour et de tendresse. Mais l'heure était grave, il était accusé de sédition, la police le recherchait. Chacun de mes mots l'ébranlait. Je le voyais dans les ombres qui voilaient ses yeux. Son visage s'est assombri. Il avironnait machinalement.

— Shipu! Nous sommes en danger. Que faisons-nous?

— Nous allons jusqu'au bout de ce que nous avons entrepris, Rita, il n'est pas question de reculer.

Sa voix était calme, profonde. Le canot muet filait comme un copeau. J'entendais croasser une horde de corneilles dans la tête des arbres. Shipu, à l'affût, a pâli. Ses yeux se sont effarouchés comme une bête cernée. Il a crié: «Rita!» en levant la main vers moi comme pour me protéger de je ne sais quoi...

— Rita! Rita! Non!

Et Rita Whiteduck s'est bouché les oreilles des deux mains, elle s'est repliée sur elle-même, dans son grand châle noir. Elle a secoué la tête. Je suis resté muet, horrifié.

Puis sa voix a repris, caverneuse.

— J'ai entendu un coup de tonnerre éclater sur l'eau. Bang! Les varangues ont volé en charpie. Shipu s'est précipité sur moi, m'a couvert de son corps. L'eau s'est engouffrée à gros bouillons.

Bang! Bang! Il n'y avait plus de canot. Nous coulions. J'avalais de l'eau, je ne voyais plus rien. Je n'entendais plus rien. Je ne savais presque pas nager. Shipu me tenait. Il nageait d'un bras, donnait de formidables coups de pied. Je ne sais pas combien de fois nous avons sombré, puis refait surface. L'eau était affreusement noire, froide. J'étouffais, mes oreilles bourdonnaient. J'étais certaine que nous allions mourir. Nous avons été happés par les tourbillons des rapides. Nos corps ont été durement précipités sur les rochers, siphonnés, tordus, écorchés puis entraînés dans les chutes. Je ne sais pas combien de temps nous avons combattu. J'ai perdu connaissance.

Elle s'arrêta, songeuse, plongée au fond d'elle-même, les mains crispées. Puis, elle ajouta :

— Nipishish, toutes les nuits je fais le même cauchemar. Je suis avalée dans la gueule d'une monstrueuse vague verte. Je roule dans un abîme sans fond, écrasée par des montagnes d'eau visqueuse. J'ouvre la bouche, je veux crier, demander de l'aide, mais aucun son ne sort de ma gorge sèche. Je me noie, muette, désespérée…

Elle éclata en sanglots. Je ne savais quoi dire. J'avais des frissons sur tout le corps. J'avais envie de pleurer moi aussi avec Rita. Ma douleur était intense. J'assistais à la mort de mon père. Je l'attendais depuis si longtemps. Mon père venait de mourir devant moi. Shipu! Shipu!

Nous sommes restés longtemps dans le silence puis Rita, dans un grand effort, a continué son récit:

— J'ai repris conscience enroulée dans une couverture, couchée sur le siège arrière d'une voiture, puis je suis retombée dans le coma. J'ai ouvert les yeux à nouveau, trois semaines plus tard. J'étais dans le service des soins intensifs, à l'Hôpital général d'Ottawa, les côtes brisées, un poumon perforé, la figure lacérée, la moitié du corps paralysée. J'ai été longtemps perdue, hébétée, sans contact avec la réalité. J'ai appris que Shipu était mort, enterré. J'ai été des mois incapable de parler, emmurée dans ma douleur. Je me suis habituée à vivre seule avec mes infirmités et mon terrible secret.

Elle a pris un moment de réflexion. Je la sentais loin, dans ses pensées. Elle a esquissé un sourire qui a crispé son visage.

— J'étais belle, tu sais, autrefois…

Puis, elle est revenue à son récit.

— Nos membres se sont dispersés ou se sont tus… Je pensais souvent à toi que je n'avais jamais vu. J'ai travaillé à l'occasion pour le ministère. J'ai écrit discrètement au pensionnat. Mais j'ai toujours su que, le moment venu, tu frapperais à ma porte.

Je suis resté abasourdi par son récit. Jamais je n'aurais imaginé une telle histoire. Je laissais filer le temps pour nous permettre, à Rita et à moi, de prendre du recul, de calmer notre émotion. Une question émergeait dans mon esprit, me prenait tout entier. Ma voix calme et froide m'a surpris.

— Qui était au volant de l'auto qui vous a menée à l'hôpital ?

Elle redoutait cette question. Ses yeux pleins de ressentiment se sont embrasés. Sa voix a raclé le fond de sa gorge.

— Le journaliste !

— Et comment s'appelle ce journaliste ?

— John A. MacDonald ! Je sais que c'est lui. J'ai compris plus tard qu'il était dans la Police montée. Il est venu me faire signer des papiers à l'hôpital. Je ne lui ai pas dit que je l'avais reconnu dans l'automobile. Je me suis tue. Je tremblais, j'avais tellement peur… Nipishish, tu es la seule personne au monde à qui j'ai raconté cette partie de ma vie. Cette histoire t'appartient. À ma sortie de l'hôpital, il était déjà trop tard pour parler. La police le savait très bien. Ils m'ont laissée en paix. Regarde-moi, Nipishish, qui m'aurait crue? Une Indienne! Une infirme! Une débile! Une traîtresse accusée de sédition! J'ai décidé de t'attendre. Toi, mon garçon, tu peux parler, tu dois parler! Il faut que justice soit faite. Je suis prête à témoigner. Aujourd'hui, on me croira.

Rita s'est levée avec peine, en s'appuyant sur la table, puis au dossier de la chaise. Elle était épuisée. Elle a ouvert une porte dans l'encoignure, en a sorti un panier en écorce de bouleau qu'elle a serré dans ses bras.

— J'ai reçu ce panier de ton père. Il aimait me rapporter un cadeau de la forêt. J'ai écrit tout ce que je viens de te raconter, tout est dans le panier. Je te le confie. Il est à toi.

Du fond de mon sac, je tire le panier à deux mains et je le pose sous nos yeux. Manie essuie avec un torchon le globe d'une seconde lampe. Elle allume la mèche, fixe le globe, règle la flamme. Nous avons maintenant deux lampes pour nous éclairer, une à chaque extrémité. Nous sommes assis tassés sur les bancs, les avant-bras sur la nappe qui brille. La lumière jaune lèche la vieille écorce dorée du panier poli par les années. Elle allume de petites chandelles dans nos yeux.

J'ouvre. Sur le dessus, un document de plusieurs pages, je le feuillette. C'est le témoignage écrit de Rita Whiteduck. Je sors des lettres que j'examine rapidement. Elles sont de Jules Sioui. Je lis à voix haute la première qui me tombe sous les yeux :

Aux grands chefs des Nations indiennes du Canada et des États-Unis,

La présente communication vous avise de la tenue, à Ottawa, le 19 octobre prochain, d'une grande convention des chefs de nos nations. Je dois réclamer la présence, à l'Hôtel Windsor, de deux ou trois délégués pour chaque tribu indienne. Les heures graves que nous vivons nous forcent à ébaucher et à préciser des projets de réformes sérieuses. Nous devons établir celles-ci sans retard, si nous voulons sauvegarder nos droits, et cela, dans un pays qui est bien le nôtre.

Sincèrement,
Jules Sioui
Directeur en chef

Les autres documents sont les actes des colloques. J'empile tout, bien en ordre. Je crois avoir fini. Je plonge la main dans l'ouverture pour racler le fond. Je saisis… une enveloppe. Je vide son contenu sur la table : c'est une photo. Je la prends, la regarde longuement. Je reconnais mon père. Je le revois pour la première fois. Il est jeune, souriant, vêtu de sa veste frangée largement ouverte sur sa poitrine. Il tient par la taille une jeune femme au teint pâle. Elle a l'air heureuse, mais elle ne sourit pas. Ses cheveux sont noirs, ondulés. Je ne la connais pas. Je retourne la photo et à l'endos, je lis, écrit au crayon à mine : «Shipu et Flore, Kaza, 1943».

Je regarde à nouveau, intensément. Flore ! Flore ! C'est ma mère. Oui, c'est elle. Elle est là, dans le creux de ma main. Je m'approche de la lumière. Je la dévore des yeux. Je sens jaillir en moi un amour que je ne connais pas. Jamais mon corps et mon âme n'ont éprouvé une telle tendresse. Mes joues s'enflamment.

Je pleure. Des larmes que je retenais depuis si longtemps. Je ne me suis jamais senti aussi près de ma mère qu'en ce moment. J'ai souvent pensé à elle. Je l'ai vue et revue dans mes rêves. Enfant, je me suis inventé une maman floue, comme si je la voyais miroiter dans le courant du ruisseau, une maman sans regard précis, sans lèvres…

Tous me regardent, consternés. Je dépose la photo bien en évidence.

— Papa et maman!

Ma voix mouillée vibre d'émotion. Pinamen pose sa main sur mon bras. Je la sens chaleureuse. Tous les yeux sont braqués sur la petite photo. Personne n'ose la prendre dans ses mains, comme si c'était un objet sacré. Manie laisse couler des larmes rondes.

Je pose la main sur l'enveloppe et palpe un objet entre le pouce et l'index. C'est un anneau mince, luisant, en argent. Sans hésiter, je prends la main de Pinamen et j'enfile l'anneau à son doigt.

Manie renifle bruyamment, écrase ses larmes en se tapotant vigoureusement les joues de ses deux mains.

— Bravo, mes enfants, bravo!

L'atmosphère se détend. La photo passe délicatement d'une main à l'autre, comme un trésor. Charlotte verse la dernière tasse de thé. Il est noir comme la pelisse d'un ours. Les commentaires vont bon train, toujours à voix feutrée à cause de l'heure tardive… et nous parlons des morts…

— C'est bien Shipu…

— Il avait bon goût… ouais…

— C'est une belle femme !

— Rita m'a raconté que Shipu a toujours été discret sur ma mère. Il allait la voir au sanatorium. Il en parlait peu, mais elle croit qu'il pensait souvent à elle.

Sam et Charlotte enfournent des bûches de bouleau vert. L'écorce crépite, s'enflamme en coup de vent. Sam enclenche la porte, pousse la tirette. Mathieu vide sa pipe en tapant le fourneau sur la bavette. C'est le moment de se coucher. Les émotions ont été fortes. J'ai l'impression d'avoir vécu plusieurs années en quelques jours. Les lampes sont soufflées.

Je suis heureux de retrouver Pinamen sous les couvertures. Nous nous enlaçons. Les tensions des derniers jours disparaissent. Son souffle est chaud dans mon oreille. Ses mots bruissent comme le vent dans les feuilles tendres des peupliers au printemps.

— Je suis heureuse que tu sois de retour.

— Je ne pourrais pas être plus heureux ailleurs qu'ici.

— Es-tu content de ton voyage ?

— Oui, j'ai appris tellement de choses…

— … et MacDonald ?

— Tu sais, l'avocat…

— Létourneau ?

— Oui. Je vais lui écrire, lui expliquer. Il m'aidera. J'ai confiance en lui.

— C'est une bonne idée.

— Pose ta tête sur ma poitrine. Il faut dormir, te reposer.

— Oui.

— Nous pourrions dormir ainsi tout l'hiver, dans notre terrier. Ne sortir qu'au printemps.

— Les Blancs disent: «Dormir comme une marmotte.»

— Ah oui!... Est-ce que les marmottes font l'amour, l'hiver, dans leur terrier?

— ... Ben... je serais portée à dire que oui.

— Tu dis n'importe quoi!

— Bonne nuit!

20

LE PRINTEMPS

Je ne sors plus que très tôt le matin, pour profiter du gel de la nuit qui durcit la piste, et je reviens pour midi, mon traîneau lourdement chargé de bois de chauffage. Je prépare la prochaine saison de trappe.

Sur le chemin du retour, je visite mes lignes à pêche tendues dans des trous creusés à travers la glace. Je prends de grosses truites grises que je partage avec mes chiens. De la nourriture fraîche pour nous régaler.

L'attelage peine dans le sentier. La chaleur affecte les bêtes. Leur poil a perdu de son lustre. Il s'aplatit sur le dos et les fesses et se vrille autour du cou.

L'après-midi, Mush somnole, allongé de tout son long sur le plancher de bois du perron. Le soleil du printemps, haut dans le ciel, ramollit la neige granuleuse. L'eau surgit ici et là au flanc de la montagne. Elle rigole joyeusement dans le ruisseau qui se gonfle, comme si elle sortait tout à coup de prison, prenait l'air et respirait à pleins poumons. Sournoise, elle mine la neige et la glace par en dessous. La débâcle se prépare sur la rivière qui se crevasse et jaunit. Ce sera bientôt le passage des voiliers d'oies blanches qui cinglent courageusement vers le nord.

Cet après-midi, Pinamen et moi mettons la dernière main à la lettre que nous écrivons à maître Létourneau. Demain, j'irai la porter à l'autobus. Le chauffeur se chargera de la poster pour nous à Ottawa.

Pinamen me lit la lettre une dernière fois. Elle est debout près de la porte et derrière elle, le soleil flambe à travers la vitre, dans un immense lit de braises chatoyantes.

Maître Michel Létourneau,
13, rue Pilon, Hull, comté de Hull

Monsieur,

Mon nom est Nipishish (en un seul mot). Vous vous souviendrez certainement de moi, nous nous sommes rencontrés dans l'autobus, entre Grand-Remous et Ottawa. Vous m'avez indiqué le trajet à suivre pour me rendre de la gare à la rue Stewart, sur le campus. Je me rendais à cet endroit dans l'espoir de rencontrer une dame du nom de Rita Whiteduck (inscrite sous le nom de White). J'espérais que cette femme puisse m'éclairer sur les circonstances troublantes entourant la mort de mon père, Shipu, survenue alors que j'étais enfant. Je suis heureux de vous dire que ma visite n'a pas été vaine. J'ai trouvé la personne que je recherchais. Non seulement a-t-elle été témoin de la mort de mon père, elle en a aussi été victime et elle en souffre encore beaucoup aujourd'hui. D'après son récit, je sais que mon père n'est pas mort accidentellement comme l'a conclu à l'époque le rapport d'enquête de la Gendarmerie royale du Canada. Shipu a été froidement assassiné pour des raisons politiques. Je vous fais parvenir, par la présente, une copie transcrite par ma compagne Pinamen de l'éloquent témoignage de Rita Whiteduck et du rapport pour le moins contradictoire de la police.

Je sens cependant le piège de la police se refermer chaque jour davantage autour de moi. Je suis inquiet pour ma vie et le bien-être de ma compagne qui est enceinte. Je me souviens très bien de vos propos sur la justice. C'est ce qui m'incite à vous écrire aujourd'hui et à vous demander votre aide dans cette affaire. Vous m'avez offert vos services et je me rends compte que j'en ai un urgent besoin.

Je sais que vous comprendrez la situation dans laquelle je me trouve. Nous ne pouvons plus, nous les Indiens, continuer à fermer les yeux sur de telles injustices. C'est à la mémoire de mon père et dans la continuité de son engagement que j'entreprends cette action. Je le fais aussi pour moi, pour Pinamen, pour les enfants que nous aurons. C'est la survie de mon peuple dans le respect et la dignité qui est en jeu. Cette semaine, en voyant des nuées de flocons de neige fondre dans les braises de mon feu de camp, je me suis dit que c'est ce qui nous arrivera, à nous les Indiens, si nous ne réagissons pas promptement aux injustices qui nous sont faites.

Vous pouvez, si vous le jugez nécessaire, contacter madame Rita Whiteduck au 16, rue Stewart, à Ottawa. Elle s'empressera de collaborer avec vous. Ma cause, comme vous pourrez le constater, c'est aussi la sienne. Pinamen et moi avons mis plusieurs heures à composer cette lettre. Nous espérons qu'elle est claire et qu'elle saura vous toucher. Nous vous remercions à l'avance de l'attention que vous y porterez. SVP, adressez votre courrier aux soins de Sam Brascoupé, réserve indienne du lac Rapide, via Val-d'Or, parc La Vérendrye.

Bien à vous,

Nipishish (Pierre Larivière)
et Pinamen Petiquay.

21

UNE VISITE

J'attelle Carcajou quand La coureuse sonne l'alarme, le museau dans le vent. Au même moment, Pinamen sort sur le perron en enfilant son manteau. Elle est suivie de Mush qui aboie énergiquement. Je lève la tête…

— Nipishish, quelqu'un vient sur le lac.

Je saute sur le perron qui nous sert de promontoire. Une tache sombre bouge sur la glace argentée.

— Je ne vois pas pour l'instant qui ça peut être. Je ne reconnais pas cette allure.

Nous attendons que la silhouette se précise. Elle s'approche lentement, grossit au fur et à mesure. Elle suit le long pont de neige durcie formé au cours de l'hiver par les nombreux passages du traîneau à chiens. Nous savons qu'elle nous a vus. Sa démarche est pataude, comme celle d'un huard sur la terre ferme. Les chiens ont cessé leur vacarme.

— Ah! c'est William!

— William?

— William, le gérant du Conseil de bande. Tu te souviens de lui ?

— Oui ! Oui !… Mais qu'est-ce qu'il nous veut ?

— Je n'en sais rien. C'est la dernière personne que je pensais voir ici.

William s'arrête sur le quai encore pris dans la glace. Il a rabattu son capuchon poilu dans son dos et ouvert son parka qui pend de chaque côté de son ventre rebondi. Ses longs cheveux raides forment une couronne noire sous sa tuque de laine rouge. Il est content d'arriver. Un sourire épanoui fend sa face ronde comme la lune, étire son épaisse moustache.

— Salut, le trappeur !

— Salut, William ! Monte !

— J'arrive.

Il est épuisé. Tout son visage suinte. Nous allons à sa rencontre. Nous nous serrons la main.

— Tu connais Pinamen ?

— Oui, bien sûr. Bonjour, Pinamen.

— Bonjour, William. Bienvenue.

— Ouf ! c'est le bout du monde ici.

— Entrons. Il y a du thé chaud et de la bannique qui nous attendent.

— Ce n'est pas de refus.

Les marches de l'escalier plient dangereusement sous le poids du visiteur.

— Ouais! je ne suis pas en grande forme.

— Assieds-toi! Mets-toi à l'aise.

Il enlève son parka, mais garde son sac qu'il pose devant lui, sur la table. Il regarde tout autour, examine les moindres recoins de la cabane, hausse les sourcils, roule ses gros yeux, fait le surpris. Il a l'air d'une marmotte qui sort la tête pour la première fois de son terrier, au printemps.

— Je vous envie! Vous réalisez mon rêve d'enfance. Je donnerais cher pour pouvoir vivre en forêt à l'année... Oui, vous avez de la chance: trapper, pêcher, chasser, manger du gibier tous les jours. C'est ça la liberté. La vie dans la réserve est loin d'être rose, je vous en passe un papier! La saison a été bonne à ce que je vois.

— Oui, pas mal... Tu as vu les peaux qui sèchent sur le perron. Je suis satisfait. J'ai de quoi survivre.

— Là, c'est le printemps.

— Presque. Dans deux ou trois semaines, nous serons à l'eau claire. J'ai hâte de mouiller mon canot.

L'air siffle dans la gorge de William. Il souffle à petits coups dans sa tasse pour tiédir le liquide. Il est mal à l'aise, prend de courtes lampées du bout de la langue, les lèvres arrondies.

Nous sirotons machinalement. Il n'est certainement pas venu ici pour rien. Il a une idée derrière la tête. Il finira bien par la sortir. Nous tuons le temps, à court de mots. C'est Pinamen qui relance la conversation.

— Tu es parti de la réserve au lever du soleil, William, pour être ici si tôt?

— Oui. Je me suis éclipsé en douce. Ils me font confiance et je voyage beaucoup pour mon travail. J'ai prétexté que j'allais à Maniwaki pour une réunion…

Je l'interromps, perplexe.

— De qui parles-tu? Quel prétexte?

Ma question est directe. Il est mal à l'aise. Il rit, d'un rire nerveux qui lui échappe parfois, un rire que je n'aime pas. Il se montre étonné.

— Ben voyons, de la Police montée, des agents du ministère…

— Pourquoi leur cacher que tu viens me voir? Est-ce un crime de nous rendre visite, à Pinamen et à moi?

Je sens que je m'énerve. Pinamen, debout, pose ses deux mains sur mes épaules.

— Nipishish, comme prévu, les inspecteurs ont vérifié les dossiers du Conseil de bande, un à un. Ils savent maintenant que ceux de Pierre Larivière, dit Nipishish, et de son père, Shipu, sont vides. Les documents se sont envolés… J'ai joué le jeu. J'ai fait comme si je ne savais rien… C'était astucieux de ta part de ne prendre que les contenus. Tu as gagné du temps. Tu t'es assuré une certaine protection en les ayant en ta possession. Mais ils peuvent t'arrêter d'une journée à l'autre. Je suis venu te dire que c'est ce qu'ils se préparent à faire. Tes jours sont comptés.

Il s'éponge le front avec son large mouchoir.

— Et, crois-moi, ils ont des preuves !

— Dis-moi, William, depuis quand la police s'embarrasse-t-elle de preuves pour arrêter un Indien ? S'ils avaient pu m'arrêter, ils l'auraient fait depuis longtemps. Je ne me laisserai pas faire…

— Laisse tomber, Nipishish !

— Moi ? Laisser tomber ?… Oublier le pensionnat, les humiliations. William, tu te souviens d'Antan qui s'est pendu dans les toilettes ? L'as-tu oublié ? As-tu oublié que tu t'es fait tripoter, abuser… cracher dessus ? Moi, je n'oublierai jamais.

Il ne m'écoute pas.

— MacDonald est inquiet. Il a le feu au cul. Il veut à tout prix récupérer les dossiers volés. Quand il a compris que c'était vraiment toi qui les avais, il a piqué une colère terrible. Je ne l'avais jamais vu dans cet état. C'est un homme dangereux, Nipishish, un homme ambitieux et orgueilleux.

William penche la tête, plonge les yeux dans son sac, en sort une grande enveloppe qu'il me tend.

— Tu as le don de le piquer au vif. Tu le provoques.

Pinamen et moi lisons ensemble. C'est adressé à Sam Brascoupé, réserve indienne du lac Rapide, parc La Vérendrye… et dans le coin gauche, en petits caractères, on peut lire : Cabinet de maître Michel Létourneau, avocat, 13, rue Pilon, Hull, comté de Hull, P.Q.

— C'est adressé à Sam !

— Oui, mais je sais que c'est pour toi. MacDonald aussi le sait.

L'enveloppe est froissée. Le papier est sale et chiffonné. Elle a été tripotée.

— Où l'as-tu prise ?

William hésite, sa voix blanchit.

— Dans le tiroir du bureau de MacDonald. Quand il va s'en rendre compte, il va être furieux.

Je la décachette facilement, je ne suis pas le premier à le faire. Pinamen et moi plongeons dans sa lecture :

Monsieur,

Oui, bien sûr, je me souviens très bien de vous. J'ai lu votre lettre et les documents qui l'accompagnent avec beaucoup d'intérêt. J'ai vite été convaincu de la justesse de votre cause et je n'hésite pas à la prendre en main. À votre suggestion, je me suis empressé de rencontrer madame Rita Whiteduck. Son témoignage m'a profondément ému. Et si j'avais encore quelques doutes concernant la solidité de votre cause, ils ont disparu sur-le-champ. Il nous faut maintenant étoffer notre preuve avant de procéder à l'accusation. Les documents que vous possédez sont précieux. Ce sont des originaux. Assurez-vous de les garder en lieu sûr. Éventuellement, il vous faudra me les transmettre. Pour l'instant, je pousse plus loin mon enquête auprès du ministère des Affaires indiennes et de la Gendarmerie royale du Canada. Ce n'est pas facile. Toutes les pièces qui nous intéressent sont classées « top secret », donc inaccessibles. J'ai été reçu aux deux endroits avec méfiance. J'ai tout de même appris que la Gendarmerie est loin d'avoir les pattes blanches. J'ai retrouvé un certain nombre de plaintes portées contre elle par des chefs indiens. Elles vont de voies de fait jusqu'au viol, en passant par toutes les formes d'abus de pouvoir, d'intimidation et de violence.

Pourriez-vous dresser la liste de toutes les personnes qui pourraient témoigner dans cette cause et me l'acheminer : parents ou amis, présents le jour de la mort de votre père, etc. ? Il me faudra les interroger. Voilà ce que nous pouvons faire pour l'instant. Nous devrons prévoir une rencontre dès ce printemps. J'espère avoir alors l'occasion de rencontrer votre compagne.

Vous pouvez compter sur mes loyaux services. Pour ce qui est de mes honoraires, ne vous en faites pas, nous verrons cela le temps venu.

Je vous prie d'accepter, monsieur Nipishish et madame Petiquay, mes sentiments les plus distingués.

Michel Létourneau,
avocat

Nous levons la tête, gardons le silence. Je suis certain que William a déjà lu la lettre.

— Merci pour la lettre, William. Tu risques gros.

— J'aurai peut-être besoin d'un bon avocat, moi aussi, qui sait… Je ne sais pas ce que ce maître Létourneau peut faire pour toi. Les

Indiens n'ont jamais eu recours aux services d'un avocat. C'est un Blanc à part ça… On peut dire que toi, Nipishish, tu ne fais pas les choses comme tout le monde. Au pensionnat, tu ne t'en laissais pas imposer par les religieux, tu as survécu à la ville, tu as toujours eu ton franc parler, tu voles des documents et tu tiens la Police montée en respect. Maintenant tu trappes comme les Anciens, tu engages un avocat pour défendre ta cause. Tu es un sacré sorcier! Je me demande ce que tu nous prépares pour demain.

Il se lève comme un ouaouaron, en appuyant ses deux grosses pattes à plat sur la table; elles lui servent de levier.

— Bon. Je dois retourner à la réserve.

Il a subitement l'air préoccupé. Ses yeux s'assombrissent, son front se ride.

— Si tu veux, William, je finis d'atteler et je te fais traverser le lac en traîneau. Ça te fera gagner du temps. J'en ai pour deux minutes.

— OK! OK! C'est bien, j'accepte. Allons-y! Pinamen, merci pour le thé et la bannique. C'était très bon. Au revoir!

— Salut, William!

22

LES DERNIERS PIÈGES

Le vent s'en est donné à cœur joie toute la nuit. Le plancher me gèle les pieds. Je sens le froid sur mes épaules. J'enfile ma chemise de flanelle. J'avive le feu. Pinamen reste bien au chaud sous l'amas de couvertures, comme une ourse dans sa ouache. Elle sortira quand il fera chaud.

Je vais, comme tous les matins, vérifier le temps qu'il fait par la petite fenêtre. À travers l'aube pâlotte, je vois danser les cristaux en suspension dans l'air léger et sec.

Ce matin, le froid revient à la charge. J'espérais depuis quelques jours un sursaut de l'hiver. Je savais qu'il viendrait faire son baroud d'honneur avant de plier bagage. Mais ça ne durera pas. Qu'il le veuille ou non, le printemps est bien engagé. L'hiver devra céder la place.

Le retour du froid me réjouit. Mon traîneau glissera sur la neige croûtée comme un canot dans l'eau. Je vais en profiter pour lever mes derniers pièges et revenir au début de l'après-midi avec une charge de bois sec. Pinamen et moi partirons pour la réserve dès que le lac sera à l'eau claire. Nous laisserons le camp de Sam et Charlotte dans le même état que nous l'avons pris et nous préparerons un voyage ensemble à Ottawa.

Je fais vite. Je mange sur le bout de la table. J'enfile mes vêtements chauds. J'ai hâte de me retrouver sur la piste. Mes chiens m'attendent, impatients, fringants, la tête haute, la queue en fanion. J'aurai besoin de toutes mes forces et de toute mon habileté pour ralentir leur course et tenir le traîneau en équilibre dans le sentier.

Je sens dans toutes les fibres de mon corps que je suis un homme d'hiver. J'aime cette saison pure, franche, qui sans cesse me met au défi ; je le relève avec enthousiasme. Jamais elle ne me laisse indifférent.

Pourtant, je suis heureux de voir poindre le printemps, d'entendre l'eau surgir des veines gonflées de la terre, de me réveiller le matin au chant bas et rauque des volées d'oies blanches, de mouiller mon canot... Mais je vais avoir un petit pincement au cœur quand je penserai à l'hiver, à ses silences et à ses poudreries. Je soupçonne à peine ses immenses richesses. J'entrevois seulement tout ce qu'il peut m'apprendre, me donner et si son appel est trop fort, nous reviendrons, Pinamen, le bébé et moi, vivre à nouveau avec lui.

Dehors, je crie de joie et de liberté:

— Allez, La coureuse! Allez! Allez, La coureuse! Carcajou! La sorcière! La mouffette! Gros museau!

Je nomme mes chiens un à un en mordant dans leurs noms. Je veux marquer notre territoire. Que les sapins, les épinettes, la neige et la glace, le vent et les rochers s'imprègnent de nos cris de joie et de nos jappements d'effort. Je veux qu'ils connaissent nos noms et qu'ils sachent que nous faisons corps avec eux. Nous avons, nous aussi, des racines profondes et nous tirons notre sève de la même terre.

— Allez, La coureuse! Allez!

23

L'ARRESTATION

La nuit, j'aime poser mon gros ventre dans le creux chaud des reins de Nipishish. Quand le bébé gigote, donne des coups de pied, Nipi ne bouge pas. Il pose sa large main sur ma cuisse et me serre contre lui. Au matin, il me dit que notre bébé est vigoureux, plein de vie.

Nous discutons de son nom. Si c'est une fille, elle s'appellera Wapukum, comme la fleur sur le point d'éclore. Si c'est un garçon, il portera le nom de Shipu, en souvenir de son grand-père, c'est la tradition.

Mush frétille, griffe la porte… Je dresse l'oreille. J'entends un bruit bizarre, comme un hors-bord… L'hiver? Non! Un avion? Non! Je prends mon anorak, je sors.

J'ai dans les yeux le soleil qui se lève. Le bruit en pétarade s'intensifie. Je place mes mains en visière. Je vois deux engins jaunes comme des bourdons foncer sur le lac. Ce sont des Bombardier[1]. Le gérant de la Baie

1. Premières motoneiges.

d'Hudson en a un tout neuf… Les arpenteurs? La Police montée! Ils viennent droit vers moi. Mush aboie. Je les reconnais. Je serre les dents. Une colère sourde m'envahit. Que nous veulent-ils encore?

À cheval sur leurs engins, les deux hommes ont l'air fiers de leur arrivée. Ils s'immobilisent au pied du perron. Ils empestent l'essence. Ils mettent pied à terre, enlèvent leurs mitaines, rabattent leurs capuchons.

Mes oreilles bourdonnent. Du haut de l'escalier, je leur barre le passage. Sans me saluer, MacDonald me lance, hautain:

— On cherche Pierre Larivière!

— …

— Pierre Larivière! Tu le connais! On sait qu'il se cache ici.

— …

— Tu es aussi têtue que lui.

— Il n'est pas ici.

— Où est-il?

— Dans le bois.

Sans plus attendre, il grimpe les quatre marches, me pousse du revers de son bras, ouvre la porte d'un coup sec et entre, suivi de son acolyte. Mush saute en bas du perron et disparaît en courant dans le sentier.

— Vous n'avez pas le droit d'entrer. Nous sommes chez nous ici. C'est notre maison. Ce sont nos territoires.

— J'ai un mandat d'arrêt contre Pierre Larivière. Ici, c'est moi le *boss*. Je fais ce que je veux.

Ils jettent les couvertures par terre, donnent des coups de poing dans les matelas, vident les sacs à dos sur la table, sortent les casseroles de l'armoire. Ils cherchent les documents. Je fixe le poêle, le visage fermé. Ce qu'ils font me blesse. Je me sens impuissante, triste et humiliée. Je les épie, le regard en dessous, muette. Avant de partir, Nipishish a rempli la boîte à bois à craquer, comme il le fait tous les matins. Le sergent s'arrête devant. Je ne sais pas quoi faire… me précipiter sur la carabine accrochée au mur, à portée de la main ?

Il déplace quelques bûches, sans conviction. Je sais qu'il mijote quelque chose. Sa pensée est ailleurs. La porte est entrouverte. Je fais mine de sortir. Il se précipite sur moi, m'attrape par le poignet.

— Tu vas venir avec nous, ma belle. Tu vas m'être plus utile que tu ne le penses. On verra bien ce que fera ton Larivière quand il te verra.

Je ne résiste pas.

— On emmène la femme, sergent?

— Oui. Elle est complice et c'est plus prudent ainsi. Elle montera avec moi.

— Où allons-nous?

— Larivière ne peut pas être ailleurs que sur sa ligne de trappe, avec ses chiens. Il est facile à repérer.

— OK, sergent! Allons-y!

Nous nous lançons à fond de train sur le lac, dans un vacarme étourdissant. Je n'entends plus rien. Je suis coincée derrière le policier. Je m'accroche à lui d'une main, de l'autre je tiens mon ventre. Si je m'écoutais, je me jetterais en bas, mais l'engin va trop vite. J'ai peur pour le bébé. Sous mon anorak, ils n'ont pas vu que je suis enceinte. Je ne veux pas qu'ils le sachent. Ça ne les regarde pas. Je me cache la tête dans le dos du conducteur pour ne pas me geler les yeux et les joues. Nous bondissons sur chaque bosse. La glace molle des jours derniers ondule. J'ai la nausée. Je suis saisie de peur. Tout à coup, mon sang se glace. Non! ce n'est pas possible, nous filons à toute allure vers l'embouchure de la rivière! Je tape sur le dos du policier.

— Arrêtez! Arrêtez!

Mais c'est inutile. Il a vu l'attelage de Nipishish et veut lui couper la route, coûte que coûte. Il ne sait pas que nous nous précipitons vers une mort atroce.

24

UN SILENCE DE MORT

Mush apparaît en trombe, se lance cul par-dessus tête dans mes jambes. Il aboie comme un forcené.

— Mush! Calme-toi... arrête! Que fais-tu ici? Qu'est-ce qui se passe?

Il est haletant, couvert de sueur.

— Pinamen! Où est Pinamen?

Il se passe quelque chose d'anormal à la cabane. Je n'ai pas de temps à perdre. Mon attelage est sur les dents. Je tends l'oreille! Les chiens hurlent... Deux Bombardier surgissent comme des boulets au bout de la pointe. Ils fendent l'air, bondissent, se ruent vers l'embouchure. Je n'y comprends rien. Je suis sidéré. Que font-ils là? Mais, c'est Pinamen en arrière, je reconnais son anorak, sa silhouette!

— Non! Non!

Je me précipite vers l'attelage.

— Allez, La coureuse! Allez! Vite! Vite!

Nous décollons d'un coup sec.

— Hâ! Hâ! Hâ!

Nous sortons de la piste. L'équipage porte sur la neige glacée. Je sais que c'est la Police montée qui veut m'intercepter, mais tout ce qui me préoccupe, c'est Pinamen. Nous courons vers le même lieu, là où le sentier traverse la rivière. Je colle la rive le plus près possible. Ils pensent que je cherche à fuir. Nous nous rapprochons l'un de l'autre. L'angle se ferme sur les chiens. D'une main, je leur fais signe de s'éloigner. Je vois Pinamen qui tape dans le dos du conducteur têtu. Ils sont sur le point de couper ma route quand les deux gros engins disparaissent sous l'eau.

— Wô! Wô!

Je suis ahuri. Tout mon être a mal. Devant moi, l'eau ondule dans un trou sombre, implacable, où se mêlent des morceaux de glace et de neige. Je suis tendu à l'extrême, écrasé par un lourd silence de mort. Je vis une éternité infernale. C'est ça, la mort? C'est le silence, la paix sur la glace, comme s'il ne s'était rien passé! Tout est normal, mais la vie vient de basculer.

Tout à coup, Pinamen surgit de la fosse immonde. Elle se bat furieusement. J'attrape la corde de secours, je rampe comme une anguille, le ventre dans la neige mouillée.

— Pinamen! Pinamen!

Ses yeux sont pleins d'effroi. Elle appuie ses avant-bras sur la glace encore ferme. Je lui lance la corde qu'elle enroule autour de son poignet. Je lance un cri angoissé :

— Allez, La coureuse !

Mes chiens ont senti l'urgence de la situation. Ils donnent de formidables coups d'épaules dans les colliers. Pinamen jaillit hors de l'eau, traînée sur la banquise. Il faut faire vite, très vite. Je casse la croûte à coups de talon. Je la roule dans la neige qui absorbe l'eau de ses vêtements. Nous ne parlons pas. Elle s'assoit dans le traîneau. Mush saute sur ses genoux. Elle le prend dans ses bras. Je les couvre de bouts de toile et de la peau d'original. Je n'ai qu'une idée en tête, rentrer le plus vite possible, quand j'entends :

— Au secours ! Au secours !

MacDonald se débat désespérément dans l'eau. Il a perdu son bonnet et ses mitaines. Il essaie de s'accrocher à la glace. Ses mains glissent. Il est sur le point de se noyer. Son compagnon a disparu.

— Hâ ! Hâ !

Le traîneau tourne, décrit un cercle.

— Wô ! Wô !

Je me suis rapproché. Je rampe à nouveau, lance la corde. MacDonald l'attrape tout juste par le nœud. Il s'agrippe à deux mains, allonge le corps comme un poisson.

— Allez! Allez! Wô! Wô!

Le policier est agenouillé sur la banquise. C'est un homme maigre, musclé, bien entraîné. Il se noue la corde autour de la ceinture. Nos regards se croisent. Il sait fort bien que nous sommes à l'extrême limite de la vie. Il faut courir vers le camp. C'est notre seule chance de survie.

Je pose mes mains sur les manchons. Le traîneau décolle. Les chiens partent toujours très vite, puis graduellement prennent une allure de trot. Mais là, poussés par l'état d'urgence qu'ils sentent bien, ils volent littéralement. Je cours moi aussi pour ne pas geler. Le devant de mon anorak se durcit comme une carapace de tortue. Je pense à Pinamen, imbibée d'eau froide. Je ne crie pas aux chiens. J'ai le cœur pris dans un étau. Je pousse, je cours, je tape des mains pour assouplir mes mitaines. Je ferme les poings pour que mes doigts ne gèlent pas.

La corde à mes pieds est tendue. MacDonald court en s'aidant des chiens. Je n'ai pas le temps de regarder derrière. S'il ralentit ma course… j'ai ma hache tout près, aiguisée comme un rasoir. D'un seul coup, je pourrais trancher la corde et le laisser sur la piste à geler comme un lièvre pris dans un collet.

Je connais la route. Je prévois les courbes, les montées, les descentes, les plateaux. Je cours, je pousse, je pose un pied sur un patin, je reprends ma course. Je compte les minutes.

Pinamen est roulée en boule sous la peau d'orignal, immobile. Je sais qu'elle souffre et sa douleur me fait mal.

La piste est maintenant à découvert. Nous courons sur la banquise, le vent se fait cinglant. Il durcit les joues, cristallise les larmes.

Les minces couches de fausse glace s'effritent sous les patins. Ah! le traîneau se cabre. Les chiens s'enfoncent dans les colliers, les jarrets raides, le dos arqué, le museau collé à la glace. MacDonald, à bout de force, est tombé. La charge s'alourdit. Son corps traîne sur la glace à l'extrémité de la corde. Je pousse encore plus fort.

Le camp est en vue. Les cinq chiens redoublent d'ardeur, ils donnent le meilleur d'eux-mêmes. Ils n'ont jamais tiré dans une telle harmonie. C'est comme si je n'avais qu'une seule bête extrêmement puissante attelée au traîneau.

L'attelage s'immobilise enfin. D'un coup de hache, je sectionne la corde puis le trait central. MacDonald et les chiens sont libérés. Je prends Pinamen dans mes bras. Elle est inconsciente. Mush se secoue violemment. Je me précipite dans la cabane, l'étends sur le lit, arrache ses vêtements gelés, l'emmitoufle dans les couvertures que je ramasse sur le plancher. J'enfourne du bois sec, ouvre la tirette au maximum, vole d'un endroit à l'autre quand j'entends des bruits sourds, comme si quelqu'un frappait au bas de la porte. J'ouvre. MacDonald, à genoux, s'est traîné jusque sur le perron. Il tombe, la moitié du corps dans la cabane.

J'empoigne la corde et le tire jusqu'au poêle. Ses yeux sont hagards, ses sourcils et ses cheveux de glace.

Je me déshabille en hâte et m'enfouis avec Pinamen sous les couvertures. Je la serre contre moi, l'enlace de mes bras et de mes jambes. Je voudrais la couvrir en entier de mon corps, que nos cœurs et nos sangs s'unissent, se confondent, ne fassent plus qu'un. Sa peau est froide, sa chair rigide. Je frictionne sa nuque, son dos, ses fesses, ses cuisses avec mes mains largement ouvertes. Je la masse vigoureusement. Nos corps roulent, s'agrippent. J'écrase ses seins sur mon estomac. J'entre son ventre rond dans le mien. Je frotte, je frotte sans arrêt. Je lui parle :

— Pinamen, ma belle Pinamen, détends-toi, tout va bien, tout va bien. Nous sommes à la maison, dans notre lit.

Son corps est violemment secoué de longs frissons. Ses dents claquent. Elle tremble comme une feuille prise dans la tourmente. Elle n'a plus le contrôle de son corps. Je la frotte et je lui parle. Elle se presse contre moi. Il fait maintenant chaud dans notre lit. Je lui transmets toute l'énergie de mon corps. Elle prend de longues inspirations pour contrôler les frissons qui parcourent ses muscles comme de longs sanglots qui la pénètrent jusqu'à la moelle des os. Son souffle se régularise, s'allonge.

Je me sens mieux. Je suis rassuré. J'effleure sa peau tiède qui se détend. Ses frissons s'espacent, s'affaiblissent et disparaissent. Elle sombre dans un profond sommeil. Son souffle doux fait son nid au creux de mon épaule.

Je suis ébranlé. Je ne pourrais pas vivre sans mon amour. Je la vois encore avec horreur disparaître tout entière dans le trou noir et glacé. Je chasse cette idée de mon esprit. Je remercie le Grand Créateur de toutes choses de lui avoir laissé la vie. Je pense à notre bébé. Je veux qu'il vive!

Épuisé, je m'assoupis.

25

MIGUETSH

On a bougé. Je sens une présence dans la cabane.

— MacDonald!

La réalité me rattrape. J'avais oublié le policier. Je me lève. Je trouve des vêtements secs au pied de l'armoire. Je me vêts en examinant la pièce sens dessus dessous. Je replace les matelas, les vêtements. J'accroche les sacs à dos aux clous. Je range tout ce qui me tombe sous la main.

L'uniforme écarlate de la Police montée traîne en tas dans une mare d'eau. Enveloppé dans une couverture de laine grise, MacDonald est assis, plié en deux, sur une bûche près du poêle. C'est lui qui a entretenu le feu pendant que nous dormions. Il fait très chaud dans la cabane. Le poêle chauffé à blanc rugit.

Ses pieds sans vie, gonflés, veinés de courants mauves comme des patates avariées, reposent sur des quartiers de bois qu'il a empilé le long du poêle.

Sa main droite est posée ouverte sur sa cuisse gauche. Ses doigts ont disparu dans une boule de chair rouge. Son autre main est cachée sous la couverture. Le froid impitoyable l'a brutalement attaqué. Ses extrémités ont gelé. Il est dans un piteux état. Son visage est tuméfié comme s'il avait été roué de coups de fouet. Tout son corps contracté exprime la douleur.

Pinamen me rejoint. Consternés, nous nous avançons lentement vers le policier. Nous sommes près de la boîte à bois qu'il a vidée. Il a laissé les dossiers au fond, à leur place, parmi les copeaux.

MacDonald se redresse péniblement. Il est méconnaissable. Ses yeux de poisson mort se posent sur Pinamen. Je n'éprouve plus aucune haine pour cet homme, mais une profonde pitié.

Il a l'air horrifié. Il ouvre péniblement la bouche, essaie de parler et balbutie:

— … J'ai eu terriblement peur de mourir au fond de l'eau…

— …

— Comment dites-vous merci, dans votre langue?

Pinamen lui répond:

— Nous disons *miguetsh*!

— Et merci beaucoup?

— *Kitchi miguetsh*!

— *Kitchi miguetsh, Nipishish*!

Subitement, la meute hurle furieusement, en chœur, comme de vieux loups affamés. Des motoneiges vrombissent sur le lac aux Quenouilles. On accourt à la rescousse des policiers qui n'ont pas donné signe de vie de la journée.

Sous la couverture grise, MacDonald s'est recroquevillé sur sa douleur. Il sait, tout comme nous, que son état est grave.

26

L'AVENIR D'UN PEUPLE

Hier, Sam a emmené les chiens dans son grand canot. Je me sens seul. Je regarde le lac par la fenêtre. Demain, Pinamen et moi quittons à notre tour notre cabane et le lac aux Quenouilles. Nous retournons à la réserve. Mush somnole, allongé au soleil, sur le perron. Tout à coup, il se lève.

Les outardes qui se gavent au fond de la baie avant de reprendre leur long voyage vers le nord se bousculent, battent furieusement des ailes, s'étirent les pattes et le cou. Elles dégoulinent d'eau claire et s'envolent, en passant bruyamment au-dessus de nos têtes.

— Pinamen, viens voir !

Nous sommes surpris tous les deux. Nos têtes encadrées dans la petite fenêtre, je compte :

— Un… deux… trois… quatre… cinq… six !

Six canots viennent de doubler la pointe. Une véritable flottille comme j'en ai rarement vue. Ils ont une brise légère dans le dos. Le lac frémit à peine. Le soleil éclate sur les palettes mouillées des avirons qui plongent en cadence.

— Ils sont trois par canot...

— Trois fois six : dix-huit !

— Qu'est-ce que tout ce monde-là vient faire ici ?

— Je ne sais vraiment pas. Allons les accueillir, on verra bien.

Nous rejoignons Mush, déjà sur le bout du quai, la queue frétillante.

— Je vois Sam, c'est son canot ! Manie et Mathieu avironnent.

— William !

— Les Toley ! Les Rankin ! Les Papati ! Les Mitchel ! Les Ratt ! Même le chef Matchewan est là !

Nous les attendons sur le quai, le cœur serré. Ils accostent les uns après les autres, nous envahissent. Le quai déborde de monde.

— *Kwé*[1] ! *Kwé* !

Nous nous serrons la main en pagaille. Manie et Pinamen s'enlacent, heureuses de se revoir.

— *Kwé ! Kwé !*

— Venez, venez vous asseoir !

1. Bonjour.

201

Pinamen ouvre la marche. Son ventre rond comme le soleil gonfle sa robe fleurie. La cabane se remplit à craquer. Chacun prend une chaise, un banc, une bûche, un rebord de lit, ou s'assoit par terre, le dos contre la boîte à bois. Pinamen rallonge le thé en jetant des poignées de feuilles noires dans le canard. Elle sort les tasses, les diches[1], les bols, tout ce qui peut servir pour boire. Chacun a son thé. Mush va de l'un à l'autre.

Les yeux noirs brillent dans les visages basanés, les sourires sont discrets, mais sur toutes les lèvres. Ils ont l'air heureux d'être là. Les discussions vont bon train sur la chasse, la pêche, la trappe. Plusieurs n'étaient pas venus au lac aux Quenouilles depuis longtemps. Ils nous rappellent de bons souvenirs. Dans le brouhaha, je croise le regard de Pinamen. Nous ne savons ni l'un ni l'autre ce qui se passe, mais nous nous sentons bien avec tout ce monde autour de nous.

Je décide de prendre la parole. Je me lève. Tous se taisent. Ce moment était attendu.

— Nous sommes honorés, Pinamen et moi, de vous recevoir dans le camp que Sam

---

1. Vient de l'anglais «dish» et désigne un gobelet en fer-blanc pour boire de l'eau ou du thé. Mot couramment utilisé dans les camps de bûcherons.

Brascoupé a eu la générosité de nous prêter pour l'hiver. Votre visite nous fait grand plaisir…

William s'est levé à son tour. Il a l'air préoccupé. Il a troqué son sac en toile pour une mallette noire, avec des dorures. Il marmonne un code, joue avec les roulettes à numéros. Clic! Il sourit, ouvre, toussote. Il fait très officiel.

— Nipishish, tu te doutes bien que nous sommes ici par amitié, mais aussi pour affaire. Le Conseil de bande et les Anciens de la communauté, ici présents, se sont réunis plusieurs fois cette semaine pour parler de l'avenir de la nation anishnabée. Nous sommes tous inquiets de ce que les prochaines années nous réservent, à nous et à nos enfants. Les Anciens ont aussi beaucoup parlé de toi!

Il plonge la tête dans sa mallette et en sort des feuilles bien en ordre, classées dans des chemises brunes.

— Voici deux articles que nous avons reçus de maître Michel Létourneau (il me regarde par en dessous, en signe de connivence), parus dans le journal *Ottawa Citizen*, au début du mois. C'est titré (il articule):

«Un Indien poursuit le gouvernement»

Il se redresse, prend une voix grave:

— «Un jeune Indien métis de la réserve du lac Rapide, dans le parc La Vérendrye, au Québec, poursuit en justice le gouvernement canadien, le ministère des Affaires indiennes et la Gendarmerie royale du Canada pour des injustices commises à son égard et à l'égard de son peuple. Il les accuse en premier lieu de l'assassinat de son père, Shipu, survenu en 1950 pour des raisons politiques. Shipu aurait été l'un des principaux instigateurs de la création du soi-disant "Gouvernement des Indiens d'Amérique". En deuxième lieu, le jeune Indien prétend que le gouvernement canadien ne respecte pas les droits des Indiens à s'auto-gouverner et à vivre comme ils l'entendent sur des territoires qui sont les leurs et qu'ils habitent depuis des millénaires. Les Indiens, toujours selon Nipishish (il me regarde à nouveau), n'ont jamais été conquis, ne se sont jamais rendus, n'ont jamais renié leur origine et n'ont pas à se plier à des lois et règlements discriminatoires qui leur sont imposés par des étrangers.

Cette accusation est du jamais vu dans les annales judiciaires. C'est la première fois qu'un Indien poursuit devant les tribunaux le gouvernement, la Gendarmerie royale du Canada et le ministère des Affaires indiennes. Une histoire à suivre!»

Personne ne bouge dans le camp. William n'a pas fini. Il passe maintenant à un tout petit entrefilet, découpé dans le même journal. Il lit le titre :

— « La motoneige fait des victimes

Fin avril, deux lourdes motoneiges Bombardier conduites par des officiers de la Gendarmerie royale du Canada sont subitement passées à travers la glace du lac aux Quenouilles, dans le parc La Vérendrye. Les deux gros engins ont coulé à pic, entraînant l'un des policiers dans la mort. Le second a été secouru *in extremis* par un bon samaritain qui a réussi à le sortir de l'eau glacée. L'officier a été hospitalisé d'urgence à l'Hôpital général d'Ottawa où les médecins n'ont eu d'autre choix que de lui amputer un bras et une jambe. On ne craint cependant pas pour sa vie. »

Un lourd silence plane dans la cabane. William range ses documents. Le chef Matchewan prend la parole :

— Nous sommes tous venus ici aujourd'hui pour te dire que nous approuvons ta démarche et nous te demandons de la poursuivre. Nous avons discuté, consulté les Anciens, la communauté, et le Conseil de bande a décidé à l'unanimité de te proposer de prendre la responsabilité, au nom de la nation, de toutes les revendications que nous voulons faire auprès des autres gouvernements, quels qu'ils soient. Voilà ce que nous sommes venus te demander.

Je suis pris par surprise. J'en ai le souffle coupé. Jamais je ne me serais attendu à une telle demande… Me voilà responsable des revendications de la nation! Tous les yeux sont tournés vers moi, attendent ma réponse. Pinamen aussi est saisie, je le vois sur sa figure pâle et dans ses yeux arrondis, mais je n'ai pas besoin de temps de réflexion. Je sais, au fin fond de moi-même, ce que je veux vraiment. Le défi est énorme. J'aurai à ouvrir des routes, mais ça me plaît. Je suis prêt à y consacrer, s'il le faut, toute ma vie, toutes mes énergies. Je m'engage pour moi, pour Pinamen, pour notre enfant et tous ceux des générations à venir.

— C'est bon, j'accepte! Je suis honoré de votre offre et soyez assurés que je ferai tout en mon pouvoir pour la défense et la reconnaissance de nos droits et le mieux-être de notre peuple.

Nous nous serrons tous la main, comme si une nouvelle journée commençait. Les poignées de main sont chaudes, fraternelles, solidaires. Manie et Pinamen sont resplendissantes.

Nous reconduisons nos visiteurs au quai.

Les canots reprennent le lac, se regroupent. Avant que les avirons plongent dans l'eau, le chef lance :

— Cet été, nous allons organiser une grande fête, la fête de la nation anishnabée et c'est ici, au lac aux Quenouilles, que nous allons tous nous réunir.

Le calme revient dans la cabane. J'entends piailler les pies et chanter le rouge-gorge. Mush a pris sa place derrière le gros poêle qui s'est endormi.

Nous frissonnons aux derniers cris langoureux des huards solitaires qui ont retrouvé leur nid pour une autre saison. Je pose ma main sur le ventre rond, dur et lisse de Pinamen. Je lui chuchote :

— Et notre bébé ? J'ai cru le sentir bouger tout à l'heure…

— Le bébé va bien, Nipi. Je suis certaine que c'est l'esprit de son grand-père qui nous a sortis de l'eau. Il était là pour nous protéger. J'ai senti sa présence. Il m'a donné sa force. Nous aurons un garçon et il portera le nom de Shipu.

TABLE DES MATIÈRES

Les titres de la collection Atout

* Lecture facile   ** Lecture intermédiaire   *** Lecture difficile